DESPUÉS
DE LA
TORMENTA

DESPUÉS DE LA TORMENTA

"BASADO EN HISTORIAS REALES"

BENNER GUILLERMO

Número de Control de la Biblioteca del Congreso de EE. UU.: 2015907418

ISBN:	Tapa Dura	978-1-5065-0421-6
	Tapa Blanda	978-1-5065-0420-9
	Libro Electrónico	978-1-5065-0419-3

Información de la imprenta disponible en la última página.

Fecha de revisión: 30/05/2015

Para realizar pedidos de este libro, contacte con:

Palibrio

1663 Liberty Drive

Suite 200

Bloomington, IN 47403

Gratis desde EE. UU. al 877.407.5847

Gratis desde México al 01.800.288.2243

Gratis desde España al 900.866.949

Desde otro país al +1.812.671.9757

Fax: 01.812.355.1576

ventas@palibrio.com

713976

ÍNDICE

Dedicado a:

Dios padre, y Jesucrito.
Mis padres: Mynor Guillermo, Siomara Garcia.
Mis hermanas: Franchesca, Yasmin y Desteny
Mis sobrinas: Arleth, Allison y Yasmin
Luis Adrian Torres
Agustin Zarate G.

Menciones y agradecimientos especiales:

Luis Adrian Torres, por ser un apoyo ejemplar en mi vida y estar para el prójimo siempre que lo necesita.

Iris Baires, por ser una mujer luchadora y sobresaliente en la vida y sobre todo por la ayuda que ofrece al prójimo sin esperar nada a cambio.

Yanira Machado, por ser madre ejemplo y ser mujer valiente, por la pasión en enseñar y educar a los niños para que puedan tener un mejor futuro.

Eliud Ayala, por el apoyo y la amistad sincera en todo momento pero sobre todo por ser la parte religiosa que nos enseña el amor de Dios y el amor al prójimo.

Lidia Ayala, por enseñarme y enseñarnos que no hay mejor trabajo que trabajar en las obras de Jesucristo.

Carmen Vargas, por ser una mujer ejemplar y trabajar por los niños más necesitados sin esperar recibir nada a cambio.

Lenka Mendoza, por demostrar que el trabajo hacia el prójimo no tiene límites.

Empodérate Centro Juvenil, por el trabajo en prevención para el VIH y servicios a la comunidad, En especial a Alexa Rodríguez y a su equipo de trabajo.

Gracias a la colaboración de:

Entérate DMV La Revista. / Flor Yanes
Gloria Bridal.

CAPÍTULO

Un crimen alargado.

Hay momentos en la vida donde en algún punto crucial se conectan muchos cuerpos, es decir; un día en específico, una fecha exacta, la misma hora, incluso el mismo minuto y segundo.

En cada instante de la vida hay nuevos nacimientos, muchas personas nacen y muchas otras mueren...

Pero aquellos que se conectan siempre se reencuentran aunque estos hayan nacido en diferentes países y estados. Suelen haber casos en los que se conectan se convierten en almas gemelas y al encontrarse tienden a enamorarse para toda la vida, hay otras ocasiones donde se convierten en los mejores amigos, aquellos amigos inseparables que por cosas del mismo destino no pueden amarse pues ya tienen a otra pareja a su lado.

He conocido personas que tienen una relación amorosa tan intensa que ese amor nunca desaparece ni al paso de los años.

¿Amores verdadero o almas gemelas?

¿Quién no conoce a un par amigos que en vez de amigos parecieran novios? Donde se tratan como tal y hasta se celan el uno al otro,

¡Ah pero eso sí!... son solo amigos.

Aun recuerdo a un par de personitas que en su momento fueron más que amigos pero en secreto, no me mal interpreten, lo que digo es que nunca se animaron a decirse cuanto se querían que terminaron por hacer su vida en diferentes caminos, pero nunca deje de pensar que ellos tenían ese tipo de conexión.

Son tres tipos de conexiones en la vida, donde por algún motivo en especifico muchas vidas quedan enlazadas...

Los amigos inseparables...

Los grandes amores, las almas gemelas...

Y la última de todas es la más fuerte, aquella donde nunca conocerás a la persona que se conecto contigo sino hasta el final.

La tercera, es mi historia.

Una hora, un minuto, un segundo,
una fecha, un día, un lugar...
Una misma historia.

Tamarindo, Costa Rica, C.A.

Playa Tamarindo es la playa principal del distrito del mismo nombre, y es uno de los destinos turísticos más renombrados de Costa Rica y una de las más accesibles de la región septentrional del país. Se encuentra ubicada en la bahía de Tamarindo, dentro del Parque Nacional Marino Las Baulas. Se distingue por su oleaje suave y aguas cristalinas, aunque con fuertes corrientes y rocas escasamente sumergidas, con arena de color amarillenta, exuberante vegetación, arrecifes y paisaje en general. Tiene forma de arco y cuenta con un pequeño declive, por lo tanto la seguridad para los bañistas es muy buena. Es apta para realizar diversas actividades como caminatas, pesca, surfing, etc.

Al ser Tamarindo un Refugio de Fauna Silvestre, protege el desove de las tortugas baula, lora y verde, las cuales llegan en arribada entre los meses de octubre a marzo. El parque ofrece facilidades de sala de exhibición, información general, agua potable, letrinas, senderos y guías locales.

Se encuentra separada de Playa Grande, es uno de los lugares más aptos para la práctica del surf en Costa Rica y se puede acceder a ella a través del estuario en un ferri. No es recomendable intentar el cruce a pie dado que la corriente es muy fuerte y puede ser peligroso.

Las condiciones naturales y de desarrollo turístico de Tamarindo permiten que en esta zona vacacional se puedan realizar varias actividades, además del surf, como el snorkeling, paseos en kayak, navegación, natación, boogie boarding, pesca deportiva, buceo, golf, paseos a caballo o en cuadriciclo, así como la visita al Refugio Natural para observar el desove de las tortugas.

Tamarindo, antiguo pueblo de pescadores artesanales, es en la actualidad una de las comunidades turísticas más desarrolladas de Costa Rica.

03 de marzo 1984

La temperatura estaba muy baja, había demasiado frio, algo raro para la fecha pero el frio a penas y se podía soportar, había iniciado una gran tormenta y no dejaba de llover, truenos y relámpagos no dejaban de aparecer en el cielo, los arboles se sacudían con el viento, rayos que caían a la tierra, el mar se agitaba y el oleaje era muy alto, del cielo se lograban escuchar grandes estruendos y se lograba observar a la gente correr para cubrirse de esa gran tempestad.

Las horas pasaban y el cielo parecía caer, la noche llegaba y nadie comprendía ese suceder...

Le llamaron la tormenta del poder pues los ancianos de la playa anunciaban el mismo suceder en 6 países diferentes donde tendrían todos un mismo ser...

8:00 pm

En el hospital de la localidad justo en el área de maternidad se escucha el gritar de una mujer que esta próxima a dar a luz a una hermosa bebe, después de tanta espera y de dolor por fin esta por tener en sus brazos a un nuevo ser, Martha estaba ansiosa por terminar ese proceso que inicio hace nueve meses atrás.

Mientras un acto hermoso estaba por suceder, aun afuera el cielo parecía caer. Entre lluvia y truenos de pronto un acto marco la vida del nuevo ser...

Estando todo por terminar, los ansíanos de la isla todos juntos entendieron lo que estaba por suceder. Actos de amor que harían lágrimas correr.

8:05 pm

Al mismo tiempo, al mismo instante, en diferente lugar se escucho un ruido digno de admirar, Martha en el hospital de la localidad acaba de traer a este mucho a Carmen y se escucha su gritar, sus llantos y así mismo mucha felicidad, a fuera al mismo instante un rayo cae precipitándose por océanos y continentes donde llevo consigo seis almas nuevas que acaban de nacer. Una estrella fugaz se ve pasar y con ella la tormenta en seis países acaba de terminar.

Aun recuerdas cuando nos conocimos Carmen, eran momentos muy buenos para ambos, aun recuerdo como vestías y como era tu rostro; aquellos trajes finos y muy caros, aquellas joyas de perlas finas, tu cabello con un tono correcto y rubio, tu rostro tan maquillado que parecías una princesa. Aun recuerdo esa fiesta donde te vi y nos hicimos grandes amigos.

Recuerdas Carmen como solíamos salir a eventos y platicar por largas horas, eras una mujer muy feliz y muchas mujeres querían ser como tú, con un cuerpo de modelo, todo te quedaba bien y siempre mostraste ser muy feliz, bueno teníamos como 20 años cuando nos conocimos, ambos éramos muy jóvenes y tratábamos de disfrutar de la vida a plenitud, tus padres, ¡guau! Carmen tus padres eran lo máximo siempre te dejaban hacer lo que tú querías y salir con quien tu quisieras, bueno siempre fueron así contigo, ¿nunca pensaste que lo hacían por la falta de atención que te daban?

Bueno eso no importa lo importante es que nos conocimos y nos hicimos grandes amigos.

A pasado mucho tiempo Carmen, nos dejamos de ver hace unos años pero los años que compartimos juntos fueron geniales, recuerdas que nos presentábamos a diferentes amigos para ver si alguien salía contigo o conmigo, te cuento que yo salía con uno de tus amigos de ese entonces aunque en ese momento no se dio nada porque la verdad me pareció alguien muy tóxico pero lo vi de nuevo en otra oportunidad hace unos años y déjame decirte que estaba buenísimo, un cuerpo atlético y esos ojos azules que enamoran a simple vista, salimos juntos por casi tres años, incluso estuvimos pensando en casarnos, poco a poco te iré contando que fue lo que paso.

Has estado muy callada porque no vamos por un trago y me cuentas de tu vida en todo este tiempo y de paso sirve para que retomemos esa vieja amistad, además conocer a alguien en Nueva York y volverse a ver en Washington DC no es algo que pase todos los días. Máximo cuando vienes de otro país. Mira justo en esa esquina hay un bar…

¿Entramos?

Perdona que haya estado muy callada pero me pareció increíble volverte a ver justo hoy que es un día muy importante para mí y el resto de mi vida. Claro que me gustaría contarte sobre mi vida y sobre todo retomar tu amistad. Sabes tú amistad fue lo más sincero que pude conocer en alguien, poco después de tu partida de Nueva York mis padres murieron y eso me afecto mucho y marco mi vida por completo y ya nunca regrese a Costa Rica, aunque nunca estuvieron de un todo para mi pues siempre estaban trabajando y era por eso que me dejaban hacer lo que yo quería, llegaba a pensar en muchas ocasiones que lo hacían para no tener que preocuparse por una hija pues siempre les importo mas el dinero, pero en fin, eso de presentarse amigos y conocer gente de la nada déjame decirte que fue la peor decisión que hemos tomado, recuerdas que en la fiesta de tu despedida conocí a Carlos un amigo de tu primo Jorge, pues seguí frecuentándolo solo por pasar el tiempo pero resulta que me enamore de él, era muy lindo y atento pero sobre todo era un caballero en toda la palabra, alto, un cuerpo deseable, una carita como de ángel y unas manos tan fuertes que me hacía sentir tan segura que me encantaba pasar el tiempo con él.

Increíble Carmen, suena como el hombre ideal... muchos quisiéramos a un hombre así.

No lo creas he... durante los primeros meses salíamos a cada lugar que podíamos y no parábamos de besarnos y de hacer el amor como dos locos, nunca quise ver lo malo que en él había y que eso me perjudicaría, siempre pensé que era normal y que era parte de una relación. Bueno tú sabes que siempre tuve muchos amores pero nunca una relación, todos los que salían conmigo eran puro vacilón, al menos para mí.

Oye Carmen parece que tienes mucho que hablar...

¿Vamos por ese trago te parece?

Oh claro, perdón es que recordar todo aturde mi mente. Vamos por ese trago... ¿sabes algo? Mejor vamos por una botella.

¡Oye mira qué lindo está este lugar Carmen! Bueno para ser una de las mejores áreas de Washington creo que esta a la medida.

Creo que nos tendremos que ir... no tengo mucho dinero conmigo ahora mismo y creo que acá ha de ser muy caro.

Carmen no tengas pena por eso, faltaba más... yo te invito, además creo que te quede debiendo cien dólares en una ocasión.

Eres una maravilla, la verdad es que muero por un trago así que acepto tu invitación ¡pero con una condición he! Prométeme que trataras de entenderme y si es posible darme tu apoyo.

¡Te lo prometo Carmen!

Mira querida amiga tienen de todo, ya sé que te pediré de tomar, aquel trago que tanto te gusta y luego te compro una botella para ti solita pero déjame recordar viejos momentos al verte con ese aperitivo.

Tengo muchos años de no tomarlo, será genial.

Carmen me estabas contando de Carlos, dime que paso con ese mango de hombre.

Pues te cuento... cuando cumplimos apenas seis meses y mis padres apenas dos meses de haber muerto el me propuso salir a una cena para despejar la mente, ya tu sabes, olvidarme un poco del dolor que sentía al verme sola, así que acepte y salimos al Noa, aquel restaurante tipo bar que tanto nos gustaba, aquel que queda cerca del central park. En lo que él fue al baño después de varios tragos se me acerco un amigo de la universidad y estábamos platicando, cuando Carlos regreso del baño vi en su rostro una seriedad que daba miedo, pero pensé que le había pasado algo y solo dije...

¡Estás bien!

Cuando sentí un golpe fuerte en el brazo y fue que me agarro tan duro que me dolió como no tienes idea, mi amigo quiso intervenir pero le fue peor, me ha sacado a empujones del bar y era grito tras grito, pase una gran vergüenza que ni sentía el dolor que me había provocado.

¿Amiga mía pero dime por que hizo eso?

¡Al subirnos al automóvil me gritaba!, él creía que yo lo dejaría por mi amigo o que le estaba siendo infiel. Sabes, era su primera escena de celos y sentí que era algo tan lindo y que me amaba realmente, trate de entender y le di un beso, un beso lleno de amor y me disculpe con el por haberle hablado a mi amigo, aunque yo no tenía ninguna mala intención con mi amigo pero me sentía culpable por haberlo hecho enojar a tal manera. Llegamos a mi casa e hicimos el amor como nunca, me hizo más suya y sentí que marco su territorio en mí, repetía palabras una y otra vez, me decía que yo era solo de él y que yo era su mujer y de nadie más, cuando terminamos de hacer el amor me pregunto...

¿Me perteneces?

Y yo sin dudarlo le respondí que era solo de él y de nadie más. A la mañana siguiente tenía el brazo morado de lo fuerte que me agarró al sacarme del bar, y desperté con su bóxer puesto y me dijo que lo del brazo lo merecía por haberme portado mal y que el bóxer era para verme dormir con su ropa interior.

Realmente creí que era mi culpa y que mi brazo morado era necesario y que era parte de un pequeño problemas de celos, ahora con el bóxer me pareció tan morboso que me gusto.

¡Carmen no creo que nadie por celos tenga el derecho a golpearte de esa manera y haberte puesto su bóxer para verte dormir solo es una alerta de alguien posesivo!

Por favor solo escucha lo que tengo que contarte...

Disculpa, no quise interrumpir, ¿cuéntame que paso después?

A la semana siguiente fuimos a una playa y un chico lindo me saluda y le respondí el saludo, solo fue cosa de hola y adiós, inmediatamente Carlos me toma de la mano y me aprieta tan fuerte que di de gritos pero me calló con un grito más fuerte, me hizo sentir muy mal y mis lagrimas salieron corriendo por mis mejillas, me dijo que me callara y me daba de empujones hasta llegar al carro, deje tiradas todas mis cosas y ni me pude vestir, me subió al carro en traje de baño y mientras manejaba a casa me iba diciendo que era una mujerzuela y que me gustaba provocar a los hombres, a golpes me arranco el traje de baño, mis pechos quedaron al aire y mi biquini partido en dos, si gritaba o hacia mayores movimientos me golpeaba, solo podía tener mi cara viendo hacia abajo y tratando de cubrir mi cuerpo, llore como no tienes ideas he, créeme fue algo fatal.

Amiga me dejas sin palabras, creo que una botella no nos alcanzara, es más...

¡Mesero!...

¡Una botella más por favor!

Te has de preguntar por qué no lo dejaba o por que seguía en esa relación tan dañina, yo estaba muy enamorada y si quería dejarlo, al llegar a casa rápidamente me explico que lo hizo por celos y que tenía miedo de perderme, lloro y juro que nunca más haría algo así de nuevo.

La verdad era que yo tampoco quería dejarlo realmente, mis padres dejaron en mi un gran vacío y cuando el no me celaba me hacía sentir tan segura y era el hombre que me protegía y además miraba mis negocios, solo eran celos y eso se puede controlar, bueno eso me dije a mi misma. Lo perdone pero me prometió buscar ayuda para sus celos.

¿Y le creíste?

El sabía muy bien que yo no me quedaría muy conforme pero realmente lo vi tan afectado por todo y yo con mi falta de cariño, no me quedo de otra que creerle. Además hizo algo muy lindo y esa misma noche me propuso matrimonio, no teníamos ni ocho meses juntos y ya quería casarse, entendí que el si quería algo serio conmigo, además me dijo que si nos casábamos todo sería diferente pues él estaría más seguro de mi. Me explico que sus celos eran porque tenía miedo de perderme y que él me quería tener para siempre.

¡Oh santo cielo!

Es tardísimo, me tengo que ir...

Perdóname, te veo acá mismo en tres días, además ya me pase de tragos, oh Dios mío, todo esto fue un error, me tengo que ir... perdón... perdón.

A sido un día muy extraño Richard, ¿recuerdas a Carmen nuestra amiga de hace muchos años, la de Nueva York?

¡Claro Stuart!

Se me olvido contarte, el otro día mientras estaba de turno en el hospital llego una mujer muy golpeada y sangrando hasta por los oídos... se negaba a dar sus datos personales, como nombre y dirección, pero tenía que ser atendida de emergencia y fue ingresada, al parecer había sido víctima de violencia por parte de su esposo. Todo el tiempo pensé que los datos que había dado eran falsos pues hubiera jurado que era

Carmen, pero como ella vive en Nueva York no le pregunte si era ella, pero se le parecía bastante, me dio lastima ver como la habían dejado pero no levanto ninguna denuncia y ya no supe mas de ella.

¿Pero a qué viene tu pregunta Stuart?

Imagínate que iba llegando a Georgetown, bueno iba a ir a comer algo a los Harbor, al lugar de siempre, y en eso me encuentro a Carmen, la vi como medio despistada o como ida de la mente, incluso costo que me reconociera.

¿Pero era ella?

Si Richard, era ella...

La he invitado a tomar unos tragos, bueno casi dos botellas de vino he, y me ha contado una historia que no te podrías imaginar, ya no es la misma Carmen que conocemos... es víctima de violencia domestica y lo peor es que ella no lo quiere ver de esa manera. Ella solo piensa que le pegan por que su marido tiene problemas mentales o algo así.

¿Stuart, crees que ella era la mujer del hospital?

Después de todo lo que me ha contado yo creo que si... ella fue mi mejor amiga por muchos años y me gustaría poder ayudarla, y sabes salió casi corriendo del restaurante, apenas y se despidió, se fue con tanta prisa que no le pude pedir su número o como localizarla. Me siento preocupado por ella, donde estará en este momento Richard, ¿estará bien?

¡Carlos!

¡Carlos ya no por favor!

¡Ya no me pegues Carlos!

¡Carlos por favor!

Ya no mi amor, ya no por favor...

¿Con quién de tus amantes de fuiste a revolcar? De seguro me fuiste infiel, ¿acaso no te doy todo lo que quieres Carmen?

¡Acaso te falta comida en la mesa!
¡Ropa! ¡Sexo! ¡Un hogar!
Contesta Carmen, ¡contesta!

Si Carlos pero todo es con mi dinero, todo es por lo que yo tengo...

¿Qué dijiste amorcito?

¿Qué dijiste?

Ayyyyy Carlos déjame… ¡déjame por favor!

O me dices donde y con quien estabas ahora mismo o te atienes a las consecuencias Carmen.

Carlos te prometo que solo fui a caminar cerca de la casa blanca y se me paso el tiempo, Carlos mi amor te pido me creas, estuve sola todo el tiempo, tu bien sabes que nunca hablo con nadie, y solo salí de la casa porque me dolía mucho la cabeza, te lo prometo mi cielo.

¡Ya cállate!

Me has arruinado la noche, pero ni creas que te salvaras de cocinar, tengo hambre entiendes… ¡y quiero comer ya!

Si mi vida, ahorita mismo te preparo tu comida, discúlpame por haber salido sin tu permiso, no lo volveré hacer.

Mas te vale que así sea Carmen por qué no quisiera tenerte que recordarte de lo que soy capaz de hacer para hacerte entender a quien le perteneces y que eres mi mujer… entiendes Carmen o quieres otro recuerdito en la espalda.

Ya es tarde Richard tienes que ir a trabajar,

¡Levántate!

Hummm Stuart quisiera quedarme en casita y pasar todo el fin de semana contigo pero hoy tengo turno en el hospital pero prometo que te recompensare pronto. No te preocupes Richard además hoy supuestamente tengo que reunirme con Carmen recuerdas, me dijo tres días y ya hoy se cumplen, solo espero que llegue, no sé porque pero tengo la necesidad de platicar con ella y descubrir más de su vida.

Míster Stuart gusto de verlo nuevamente

Hola Víctor, necesito una mesa para dos personas si eres tan amable.

Con gusto Míster Stuart,

¿Desea ordenar de una vez o prefiere esperar?

Ya me conoces Víctor, esperare a mi amiga.

Víctor podrías traerme algo de tomar, podría ser tal vez un té caliente de naranja. Y creo que será todo por hoy, por lo visto mi amiga no vendrá y no sabes cuánto me preocupa eso.

Si me permite Míster Stuart puedo preguntar ¿la persona que espera es la misma señorita que salió muy apresuradamente hace unos días?

Lamento que te hayas dado cuenta de su partida ese día Víctor, pero ya no me digas Míster solo dime Stuart.

Sabe Míster Stuart, digo… Stuart, yo a ella la conozco y para ser honesto me sorprendió mucho el verla acá con usted.

Ahora quien me sorprende eres tu Víctor pero cuéntame porque la conoces y porque te sorprendió verla conmigo. Ella es mi amiga de hace ya algunos años y no la había visto en mucho tiempo hasta ese día y realmente deseaba mucho verla de nuevo.

Es muy curioso sabe pues a ella la he nombrado "la llorona americana" siempre la veo, bueno casi siempre la veo cuando vengo al trabajo, el bus que tomo siempre pasa por la calle donde ella vive y siempre… bueno casi siempre tampoco quiero exagerar pero casi siempre la veo en su ventana, todas las mañanas a la misma hora con un traje blanco que he de suponer ha de ser su traje para dormir pero el punto es que nunca la había visto en ningún lugar hasta ese día que vino con usted, siempre está en su ventana llorando, pegada a su ventana y con una mirada perdida. Me da tanta pena verla así pero me he preguntado muchas veces si ella vive algún dolor interno o si será que le estará pasando algo en casa.

Perdone Stuart pero me está llamando mi encargado creo que me regañaran pues no debo quedarme platicando con los clientes...

No tengas pena Víctor pero podrías hacerme un favor, acepta una invitación a comer a mi casa para que podamos seguir platicando, toma mi tarjeta y te espero este viernes por la noche.

¿Te parece?

La verdad me da mucha pena Stuart pero no se la razón aun pero me gustaría saber que sucede con ella, algo en mi ser y en mi interior siente esa necesidad de ayudarla o de saber de ella. Lo veo el viernes a eso de las ocho de la noche.

Gracias Víctor, te molesto con la cuenta por favor.

¡Carmen!...
¡Carmen! ...
¡Carmen! ...

Hola mi amor,
¿Qué tal estuvo tu día Carlos?

¿Cómo va todo con el negocio?
¡Carmen!
¡Carmen!
¡Carmen! ...

¿Qué pasa Carlos? ¡Porque vienes molesto! Te he hecho la cena, he preparado lo que me has pedido, toda tu ropa esta ordenada y colocada en su lugar, todas las toallas están ordenadas por tamaño y todo en la cocina está limpio... ¿Dime que hice mal?

¡Carmen!
¡Carmen!
¡Carmen! ...
No, no, no... no por favor Carlos, ¡dime que pasa te lo pido!

No me levantes la voz Carmencita, te he dicho una y mil veces que no me levantes la voz... ya ves lo que provocas... te das cuenta logras alterarme cada vez mas y mas...

Carlos ¡Déjame! Suéltame por favor, Carlos por favor déjame. No, no me quites la ropa Carlos, ¿Carlos que estás haciendo?
Ven mi amor, no tengas miedo... ¡te dije que te dejes! Quiero que te pongas ese traje de cuero negro que te regale para tu cumpleaños y no es una pregunta, te estoy diciendo ¡quiero! Y tienes dos minutos.

Muy bien Carmen, me gusta tanto cuando te ves como lo que eres... eres una ramera, una ramera llorona, esta mañana cuando me fui de casa te logre ver desde la calle, ¿acaso quieres llamar la atención de las personas al verte llorar desde afuera? Pero sé que no lo volverás a hacer, y para que veas que no estoy molesto esta noche te hare nuevamente mía y solo mía.

¿Porque no estás gimiendo Carmen?
¿Acaso no te gusta cómo te lo hago?
¿Acaso tienes un amante?

No Carlos para nada mi amor, yo lo estoy disfrutando, lo que pasa es que no te das cuenta,... ¡sigue por favor, no pares! ¡Eres mi hombre Carlos y tú lo sabes, eres tan varonil, eres tan hombre y tan fuerte!

Si Carmen, dime mas de eso... me gusta cuando me dices esas cosas, sigue Carmen no dejes de hablar.

Viernes 8:00 pm

Richard apresúrate esta pronto a llegar mi amigo Víctor, necesito tanto platicar con él y ni siquiera sé porque. Debes estar tranquilo Stuart, creo que te estás obsesionando con el tema de Carmen y eso no te dejara nada bueno, siempre te he dicho que cuando te obsesionas con algo siempre terminas triste, dañado o peor aun hasta enojado conmigo.

No Richard, esta vez estoy seguro que es distinto, quiero ayudar a una gran amiga y algo en mi me dice que estoy en lo correcto.

Escucha Richard están tocando la puerta ha de ser Víctor puedes abrir yo no tardo, ya voy saliendo.

!El silencio Mata!
"Prevenir es salvar a futuro"

CAPÍTULO

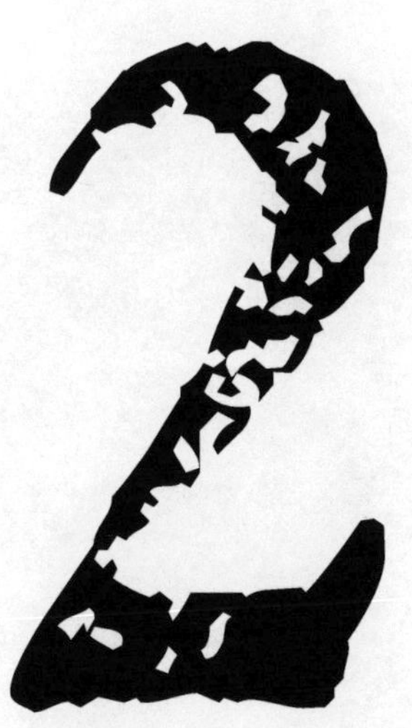

La voz y la unión.

03 de marzo 1984
Isla de Margarita, Venezuela.

La isla de Margarita llamada la *"Perla del Caribe"* está ubicada al sureste del mar Caribe, noreste venezolano, al norte de la península de Araya del estado Sucre. Junto a las islas de Coche y Cubagua, constituye el único estado insular de Venezuela, denominado Nueva Esparta.

La isla desempeñó un papel importante en la historia de independencia de Venezuela. El 15 de agosto de 1498 durante el tercer viaje, Cristóbal Colón llegó a Margarita. En ese viaje el Almirante también llegó a tierra firme, Venezuela. Aquel día de agosto Colón divisó *tres islas*, dos de ellas pequeñas, bajas y áridas (las actuales Coche y Cubagua), separadas por un canal de una tercera, mayor, cubierta de vegetación y poblada de indígenas que la llamaban Paraguachoa, vocablo que significa según historiadores "peces en abundancia" y según otros "gente de mar"

Colón bautizó la isla con el nombre de La Asunción, por haber sido descubierta en la fecha en la cual se hicieron cristianos. Al año siguiente, en 1499, Pedro Alonso Niño y Cristóbal Guerra la rebautizaron con el nombre de "La Margarita" debido a la abundancia de perlas encontradas en la región, otras hipótesis sugieren que el nombre de "Margarita" se refiere a la reina Margarita de Austria. Otra de las hipótesis es que el catalán Pere Margarit, quien viajó junto a Colón en sus expediciones, las bautizara con el nombre de Margaritas.

Margarita cuenta con equipos deportivos en las principales ligas profesionales de Venezuela.
Bravos de Margarita Baseball
Guaiqueries de Margarita Baloncesto
Margarita Fc futbol

La Isla de Margarita constituye el atractivo turístico más importante de Venezuela con más de 2.711.000 turistas en el año 2009. Posee playas con condiciones para el surf, submarinismo, windsurf, kitesurf y otros deportes acuáticos, así como pueblos coloniales históricos. En los últimos años se ha previsto la realización de varios proyectos para impulsar el turismo, como el Puerto de Cruceros de Puerto la Mar, la ampliación del Aeropuerto Internacional del Caribe Santiago Mariño, el Faro de Punta Ballena (en cooperación con la Armada de Venezuela) entre otros. En la isla se encuentran varias fortificaciones españolas antiguas (castillos, fortines y fortalezas), que se consideran patrimonio nacional.

8:00 pm

En el hospital de la localidad justo en el área de maternidad se escucha el gritar de una mujer que esta próxima a dar a luz...

Mientras un acto hermoso estaba por suceder, afuera el cielo parecía caer. Entre lluvia y truenos de pronto un acto marco la vida del nuevo ser...

Todos en la isla estaban asustados por la tormenta que parecía hacer el cielo caer, en la tribu más antigua de la Isla entre un recipiente hecho a mano y de materiales del bosque se podía ver en su interior perlas de ojos de venado, colas de cascabel y una cubierta de agua que hacia todo resaltar, los ancianos vieron a través de él lo que cielo está por anunciar.

8:05 pm

Al mismo tiempo, al mismo instante, en diferente lugar se escucho un ruido digno de admirar, en el hospital de la localidad acaban de traer a este mundo a Fabiola, una de seis que se unen tras un mismo despertar.

Washington, D.C Estados Unidos.
Obra de Teatro, 9:00 pm

Centro John F. Kennedy

Dirección: 2700 F Street Northwest, Washington, DC 20566

Intérprete: Fabiola Chávez y Ricardo Guzmán.

Las invitaciones estaban hechas, todos los medios radiales y televisivos anunciaban la famosa obra de teatro que ha sido un clásico por los últimos tiempos, conocida por grandes y pequeños, la obra está por empezar.

Fabiola buenos días,
¿Cómo estas hoy?
¿Qué tal dormiste anoche?

Sabes Yilda, quisiera contarte un poco mas de mi, unas cosas que aun no sabes de mi a pesar que me conoces ya de varios años, quisiera contarte lo que fue mi vida cuando joven fui…

¿Estás bien Fabiola? Siento que estas extraña…

Si Yilda, solo necesito contarte lo que he recordado y no me explico porque.

Mi madre, María, muy joven fue cuando quedo embarazada de mí, no tienes idea de cómo la vi sufrir al paso del tiempo, mi padre era muy alcohólico y si no tomaba su pasatiempo favorito era hacer sufrir a los demás, Yilda créeme cuando te digo que mi mama lloraba todas las noches, pues no había noche de Dios que mi madre no fuera golpeada salvajemente y quedara llena de moretones y cicatrices por todo el cuerpo, el día de mi nacimiento mi padre estaba tan ebrio que ni pudo acompañar a mi madre al hospital y lo peor de todo es que fue según mi madre una noche de tormenta y tuvo que caminar bajo el agua hacia el hospital por que no había nadie que la pudiera llevar, cuando por fin pudo dar a luz dice que fue muy feliz pero solo por un momento por al llegar a casa su tormento era su diario vivir, mi padre abusaba sexualmente de ella siempre que él quería.

¿Pero cómo podía abusar sexualmente de ella si estaban casados?

Yilda tiene que saber que no hace falta estar casados o no con alguien para ser víctima de abuso sexual, incluso hasta tu propio novio puede abusar sexualmente de ti, siempre que tienes relaciones sexuales y es contra de tu voluntad o tienes que acceder por temor o manipulación, así sea tu esposo quien te lo pida y tu no quieras y el te obligue a tener relaciones, eso ya es abuso sexual.

Mi madre cargándome en brazos recibiendo golpes y protegiéndome de mi padre tenía que acceder a tener relaciones sexuales con él incluso fingir que le gustaba y hasta fingir un orgasmo.

El último recuerdo de mi padre fue cuando yo aun estaba muy pequeña pero por alguna razón que no conozco a un logro recordar ese momento. Sucede que mi madre había salido a cortar leña al lado boscoso de la Isla donde crecí, mi padre llego antes del trabajo y no la encontró en casa, paso una hora y mi madre no había regresado aún así que mi papa había decidido salir a buscarla, lógicamente él sabía que había salido por leña, así que fue al bosque a encontrarla cuando ve que mi madre venia caminando conmigo en brazos y con un gran manto en la cabeza que venía arrastrando y en su interior mucha leña, un señor venía ayudándola y mi padre enfurecido corre hacia ella, recoge uno de los leños y golpea fuertemente al señor que solo estaba ayudando, me toma del pelo, ¡me ve de frente y me grita que si quiero otro papa! Yo gritaba asustada y el comienza a golpearme, aun puedes ver Yilda una cicatriz en la parte trasera de mi oreja derecha, mi madre quiso ayudarme y por alguna razón no logro recordar el final de todo ese día. Pero recuerdo muy bien que al día siguiente no podía ni reconocer a mi madre.

Pocos días después en una madrugada mi madre logro salir de esa casa y llegamos a Virginia donde crecí y no volví a saber nada de mi padre. Aunque mi madre nunca volvió a tocar el tema ni a hablar de él yo siempre recordé todo lo que paso.

Ella se volvió a casar y mi padrastro abuso sexualmente de mí por muchos años, a mi madre acudí pero nunca quiso creer mis palabras, mi padrastro era muy amoroso con ella y la trataba bien así que siempre fui yo una mentirosa para ella. Al paso del tiempo quede embarazada de él y por medio de unas amigas a mi bebe perdí...

¿Fabiola, abortaste a tu bebe?

No, Yilda, en una amiga quise creer, aunque era mayor que yo y dijo querer ayudarme, yo en ella creí. Seguí sus consejos y en mi casa nadie supo que estaba esperando un bebe, hui de mi casa para que nadie supiera de mi, nadie más que mi amiga. A mis quince años sentí como corría en mí un líquido entre mis piernas y unas ganas de hacer pipi... ir a orinar es lo que quiero decir.

Al hospital fui, con mi amiga a un lado a mi hijo vi nacer... no lo podía creer, no podía creer que después de tanto dolor un pequeño ser humano me hacía sentir algo maravilloso, algo dentro de mi ser...

Julia mi amiga firmo todo por mi y salimos juntas del hospital dijo que me daría donde vivir y que me ayudaría con mi bebe pero que lejos debíamos ir, yo dije que si pues solo quería estar con mi pequeñito bebe. Algo sucedió conmigo pocos días después y en un basurero amanecí sin poder saber lo que había pasado la noche anterior. No tuve a donde ir y a casa acudí, no dije nada de lo que había pasado y en mi cuarto me encerré, para mi madre yo era una mal hija y nunca me había buscado y me dio una gran golpiza que mi alma morir sentí.

Sabes amiga, siempre me ha gustado cantar desde muy pequeña lo he hecho, y actuar bueno eso fue hasta que a Ricardo conocí, al poco tiempo de regresar a casa en las drogas me consumí y estaba fuera de control, mi padrastro volvió a abusar de mi, ya no era malo para mi, y acostumbrada me volví, un vacio sentía dentro de mí, mi madre me golpeaba por todo, mi padrastro me hacía el amor cada dos días y yo sin poder hablar o llorar, ni bebe sin aparecer.

¿Quién era yo?
¿Tenía valor?
¿Era mi merecido?
¿Era mejor morir?
¿Valía tan poco que era fácil abusar de mí?
¿Las drogas realmente me hacían olvidar?

No tienes idea amiga de cuantas preguntar estaban en mi mente, pero tan poca cosa me sentía que no había nada que yo pudiera hacer, todo eran gritos, me cortaba las piernas hasta sangre poder ver, solo vestía de negro y a una almohada podía abrazar pensando en mi bebe que ya no conocí.

La primera vez que cante en un escenario fue lo más triste que pueda recordar de mi carrera artística hoy en día.

El escenario era muy grande, lleno de luces blancas y azules, al fondo se podía observar un árbol sin hojas pero con gran profundidad que te hacía pensar...

Yo, con mi cabello suelto pero peinado de una forma clásico y elegante, un vestido largo de color negro tallado al cuerpo, en el cuello una cadena plateada como con ataduras cayendo de ella, un maquillaje tan delicado pero con unos labios que sobresalían y que me hacían ver encantadora, y fue ahí, justo ahí, cuando las luces se encendían y apagaban dando un efecto muy especial.

Me perdí en la soledad
Entre lágrimas y dolor
Entre sangre y ardor
Mi vida mi pasar...

Lagrimas empezaban a caer, mis ojos cerré, con pasión me entregue a mi actuación, abría mis brazos y a mi bebe imagine.

Mi vida vi pasar... como mi padre abusaba de mi mama y mi padrastro abuso de mí, me vi en ese hospital donde mi amiga de la mano me hizo sentir el apoyo de verdad, sentí el olor de mi bebe y logre entender que como la canción que interprete era mi ser...

Mi vida perdí
Grite y sin poder gritar
En mi dolor mi sufrir
En tus manos mi libertad

Una sonrisa sentí en mí, mis ojos abrí y al publico vi de pie aplaudiendo, y su cariño sentí... mi interpretación estaba siendo de corazón pero a lo lejos vi a esa amiga que me drogó y en el basurero me dejo. A un niño cargar y ella con una cara de no imaginar.

Jugué con mi vida y me perdí
Entre sangre y ardor
Al final me descubrí
Cuando mi vida vi pasar.

Termine de cantar, creí estar viendo mal, no me importo nada más que mi bebe que mi hijo... baje corriendo del escenario, corría tan rápido como el vestido me lo permitía, el publico seguía aplaudiendo y no sabía lo que pasaba, llegue al asiento donde estaba mi amiga, la agarre tan fuerte como pude para que no escapara y comencé a gritarle y a reclamarle todo lo que me había hecho y el haberme abandonado en un basurero pero sobre todo por llevarse a mi hijo, sentía todo como en cámara lenta y veía a personas que me agarraban y trataban de alejarme de ella, pero yo insistía en lastimarla hasta que me sentí mareada y vi como destellos de luces y quise sentarme, al subir la mirada ya no vi a mi amiga sino a una señora muy asustada y a su hijo gritando, me sacaron del lugar y me inyectaron unos tranquilizantes pero no lograba sacar de mi mente a mi hijo que había perdido tiempo atrás.

Me llevaron a un hospital y dijeron que había tenía un episodio nervioso y con reposo estaría bien. Regrese a los escenarios y se les explico a todos que había estado muy enferma y que la presión y todo lo demás me habían alterado los nervios y todo se tranquilizo aunque en mi interior todo aun era un alboroto.

Sabes Fabiola no sé ni que decir... no sabía que te había pasando tanto en tu vida, yo siempre te he visto como una mujer guerrera y triunfadora, no sabía que detrás de tu triunfo había una historia llena de lagrimas y dolor.

Yilda te cuento todo esto porque anoche he soñado con mi vida y siento que estoy muriendo, mis problemas psicológicos me están matando y consumiendo en un abismo muy negro y sin salida, me veo al espejo y no sé quién soy y si merezco todo lo que hoy tengo. Me muero por sentir la felicidad de la que todos hablan y tener esa vida que todos creen que tengo, pero como puedo tener algo así si estoy muerta de miedo y no sé qué va a ser de mí.

Ricardo es un hombre estupendo pero no me logro entregar a él por completo, siento que me puede atacar o peor aún, siento que será igual que mi padre, que mi padrastro y después de un tiempo me golpeara y será una historia de nunca acabar, tenemos años de estar juntos pero siento que no debo confiar en nadie.

Fabiola creo que tienes que entender que tu pasado no puede afectar tu presente, que no todas las personas son iguales y que hay seres humanos buenos y que te pueden hacer sentir feliz tal como tú quieres, tienes que contarle todo a Ricardo para que el pueda ayudarte y que juntos puedan buscar la mejor manera de superar tu pasado y de encontrar a tu hijo, sobre todo eso amiga, encontrar a tu hijo.

Mi hijo Yilda... siempre le cante una canción que me gustaba mucho... hijo... mi hijo...

En mi vientre tú sentir
Y moría por ver
Tus manos sobre mí
Y así imaginar tus primeros pasar al andar

Yilda ayúdame por favor, estoy tan deprimida, si tan solo hubiera tenido la confianza para hablar con mi madre de todos mis problemas, si mi madre me hubiera escuchado y creído, si mi madre hubiera superado y enfrentado su pasado hubiera visto lo que en realidad pasaba, Yilda, no sé que puedo hacer.

Desahógate Fabiola, sigue cantando...

Un cuarto prepare para ti
De color rosa lo imagine
Y en mis noches te soñé
Y en mi vientre tú sentir

Sigue cantando amiga...

Yo te quería tener
Y poderte abrazar
En el tiempo te perdí
Y en el viento mi sufrir...

Fabiola tienes una gran voz, eres estupenda...

Gracias Yilda pero la voz no cura mis heridas... de vez en cuando sueño con alguna locura y no quiero despertar... de verdad siento que quiero morir, nunca debí haber caído en drogas, y tener esas malas amistades pero nunca lo vi claro en su momento, siempre quise pertenecer a un grupo social y estar entre las populares de la escuela aunque eso me llevara a probar alcohol y tabaco y mucho mas... creí que estaba en lo correcto y que el mundo estaba en mis manos, creí que todo eso me hacia olvidar a mi padre y que me ayudaba a no sentir tanto el desprecio de mi madre... ella quiso sentirse amada que olvido tener una hija.

En pocos días es mi début en el teatro y será justo el día que mi hijo estará cumpliendo años, ¿cómo puedo interpretar un obra cuando mi corazón está llorando sangre?

Sabes Yilda necesito descansar un rato, creo que me iré a la cama, pero no dejes de venir a visitarme.
Gracias por escucharme.

¡Hola Ricardo!

¡Hola Yilda!

Sabes Ricardo acabo de dejar a Fabiola, está dormida justo ahora pero tú sabes que yo a ella la quiero mucho y me ha dejado muy preocupada. Me gustaría que fuéramos a tomar algo y platicar un poco sobre Fabiola.

Por lo que veo en tu rostro Yilda puede ser algo serio, me estas preocupando pero vamos por un café y platicamos.

Ricardo no sé cómo o por dónde empezar a contarte muchas cosas, pero lo cierto es que necesitamos ayuda inmediata para Fabiola.

¡Qué está pasando Yilda, te agradecería si me hablas claro!

Sabes amigo, ella me ha contado su historia, imagino que tú la has de saber mejor que yo, aunque no toda, me ha contado de los abusos que su padre le daba a su madre y de cómo la golpeaban cuando era pequeña, sabes Ricardo me ha contado una historia muy fuerte y espero que puedas entender y que si realmente la amas puedas ayudarla como yo lo quiero hacer.

Cuando ella llego a este país su madre se volvió a casar y lastimosamente su padrastro abuso sexualmente de ella y no una sino varias veces, en una de esas violaciones resulto embarazada y huyo de su casa con una amiga, la amiga le había dado apoyo y estuvo con ella cuando dio a luz, a los pocos días después su amiga la drogo con algo no se que realmente pero la tuvo que haber drogado y la dejo tirada en un basurero y escapo con su hijo, ella no ha parado de buscar a su bebe, su padrastro la siguió violando y su madre golpeándola pero nunca les dijo nada,

¿De qué hablas Yilda?

Creció con malas amistades y llevo una mala infancia, pero ella cree que morirá pronto y que su hijo nunca será encontrado, tiene miedo que tú la golpees como su padre hacia con su madre o que la ataques como lo hacía su padrastro. Perdona que te diga todo esto pero quiero ver de qué forma le podemos ayudar, y creo que juntos podemos hacerlo.

Yilda todo lo que me has dicho para ser honesto creo que exageras un poco o que no entendiste lo que Fabiola quiso contarte. Te diré que fue lo que paso realmente y dime si es así como ella te lo conto a ti…

Cuando ella nació su madre era muy pobre y vivían en una isla en otro país, el padre de Fabiola era alcohólico y efectivamente si golpeaba a su madre, Fabiola amaba tanto a su padre que nunca acepto la muerte de él, el murió una noche mientras cruzaba una calle y un automóvil lo atropello, su madre vino a este país y se caso nuevamente, ella nunca superaba la muerte de su padre así que doña María la madre de Fabiola le contaba todo lo malo que hacia su padre y de todo lo que la hizo sufrir, ella nunca acepto a su padrastro, lo que sí es cierto es que el padrastro la trataba muy mal y en ocasiones ella huyo de su casa pero siempre regreso, nunca ha tenido un hijo y menos perdido a uno, no sé por qué te habrá dicho algo así.

No creo que ella me haya mentido, Ricardo creo que tú no sabes toda la historia, por eso mismo te digo que debemos ayudarla y tú necesitas saber toda la verdad.

Es más amiga si gustas te llevo con doña María para que hablemos con ella. Pero ahora mismo tengo otras cosas que hacer pero que parece si vamos en un par de días y así aprovecho para llamarle y avisarle que llegaremos a visitarla.

Ok, Ricardo, te hare caso,

¡Espero pronto saber qué es lo que está pasando!

¡Hola amor ya estoy en casa!

Hola cielo, ¿cómo te fue en el trabajo el día de hoy?

Bien amor, ¿por cierto Fabiola que hiciste todo el día?

Nada interesante amor, solo repase la canción para la obra de teatro.

Fabiola quiero que sepas que te amo mucho y que siempre estaré a tu lado, no quiero que lo dudes ni por un segundo.

...

...

Buenas tardes doña María, ¡gusto en saludarla!

Le presento a Yilda, la mejor amiga de su hija Fabiola... hoy tenemos unos temas importantes que nos gustaría hablar con usted.

Claro hijo mío, pasen, tomen asiento...

Doña María, nos hemos enterado de algunas cosas y quiero que usted sea quien nos diga si es cierto o no... estamos muy preocupados por Fabiola, mañana es el debut en el teatro de Washington y ella ha estado con mucha presión pero le ha contado a Yilda unas cosas muy inquietantes y queremos consultarlo con usted... sucede doña María que Fabiola dice que tuve un hijo y que una amiga se lo ha robado, dice que su padrastro abusaba de ella sexualmente...

¡Perdone doña María que le hable de esta manera pero no puedo disfrazar las palabras cuando siento un gran nudo en la garganta!

Saben Ricardo y Yilda, ¡ya sé por dónde va todo esto!

No es primera vez que escucho lo que ustedes dicen... pero creo que es momento que sepan toda la verdad, y si quieren ayudar a mi hija creo que tienen que saber lo que verdaderamente sucedió, ni siquiera es como ella lo cree, pero su pasado altero toda su vida y creí que ya lo había superado pero me doy cuenta que no es así... antes que nada quiero que sepan que no es mi culpa y no quiero que me juzguen sin antes conocer la historia.

Fabiola nació en Isla Margarita, en Venezuela en el año ochenta y cuatro, yo era una mujer muy humilde que ni escribir podía, mis padres me casaron con Enrique un hombre mayor que yo y que me abusaba todo el tiempo, me golpeaba día a día, cuando quede embaraza de Fabiola trataba de cuidarme lo mas que podía porque el siempre me pegaba y no le importaba que yo estuviera embarazada, trataba de obedecer en todo para que no me golpeara, me pegaba hasta con sartenes y ollas, me agarraba del pelo y me tiraba por todos lados, de tanto golpe tuve a Fabiola de siete meses y tuve que ir a emergencias del hospital, camine hasta el hospital y sentí que jamás llegaba, Fabiola tuvo un problema de falta de oxigeno al nacimiento pero días después todo estaba bien, Enrique estaba peor que antes y no dejaba que me ocupara de Fabiola, se sentía celoso de ella y ya la golpeaba siendo una bebe aun.

¡Siento escuchar eso doña María!

No tengas pena Yilda, fue hace mucho tiempo…

Fabiola tenía ya algunos años de edad y yo salía a cortar leña a las aéreas donde habían mas arboles y buscaba alguno caído o algo que me pudiera servir, un día iba de regreso a casa deje la leña afuera y di la vuelta a casa para traer una canasta, mi casa era de madera y logre ver entre unos espacios que mi esposo estaba abusando sexualmente de mi hijita y corrí y grite y un señor que pasaba por ahí se me acerco y salió Enrique, tomo un trozo de leña y comenzó a golpearlo, a Fabiola la tomo del pelo y le gritaba que él era el único que tenía derecho sobre ella, a mi me fue peor, y luego supe que el abusaba seguido de Fabiola, no pude con el dolor y hui con Fabiola, llegue a este país, paso el tiempo y conocí a un hombre amable y me trato muy bien pero sobre todo amaba a mi hija, cegada por el amor y no sé por qué nunca vi lo que pasaba en realidad.

Fabiola se había hecho de malas amistades y se drogaba y yo le pagaba y la castigaba, yo trabajaba duro y casi no estaba en casa, Rafael abusaba sexualmente de Fabiola también y le daba para las drogas. Fabiola me lo decía pero no le podía creer, Rafael era muy atento conmigo y me amaba, no podía imaginar que algo así pudiera pasar, creí que todo era mentira de Fabiola para hacerme enojar o que eran locuras de las drogas que consumía, ella empezó a recordar todo lo que su padre le hacía y estaba muy mal, quedo embarazada y fue hasta en ese momento que supe la verdad y que era Rafael quien le hacia esas cosas feas, llame a la policía y el se fue preso, fue algo muy duro para mi pues yo a él le amaba como a nadie, a Fabiola se le hicieron exámenes y a causa de las drogas los médicos determinaron que el niño venia deforme y le provocaron el aborto, Fabiola entro en una depresión y estuvo internada para que la ayudaran con su depresión y su dolor, entro en una depresión muy fuerte y al salir del hospital no quiso regresar a mi lado y la entendí, la deje vivir sola y fue como empezó a cantar en diferentes lugares, a causa de no haber superado su pasado ella en su mente creó una historia la cual se le viene a la mente rara vez y se pone muy mal, los médicos han dicho que ella puede incluso matarse y que su mente es más fuerte que su voluntad, me explicaron que un aborto puede causar muchos estragos y máximo cuando fue víctima de violación y no se le dio ayuda necesaria.

Según la Organización Mundial de la Salud, el aborto provocado es definido como el resultante de maniobras practicadas deliberadamente con ánimo de interrumpir el embarazo. Estas maniobras pueden ser realizadas por la propia embarazada o por otra persona.

La salud psicológica y física de la mujer se ve afectada por el aborto de aquel que siempre será para ella, a lo largo de toda su vida, su propio hijo, haya o no nacido.

Me dijeron de las posibles consecuencias psicológicas que conlleva el aborto provocado o aborto natural.

1. Sentimiento de culpabilidad.
2. La mujer presenta reacciones de hostilidad, de enojo o de tristeza.
3. Desea castigarse buscando relaciones abusivas o aislándose de sus amigos y familia.
4. Algunas mujeres experimentan anorexia nerviosa.
5. Experimentan insomnio, pensando en el aborto o en el bebé.
6. Pierden la capacidad de concentrarse, en los estudios o en el trabajo.
7 Planteamientos suicidas e intentos de suicidio
8. Sienten la necesidad de reemplazar al niño abortado y tratan de embarazarse

nuevamente cuanto antes posible para tener un nuevo bebé que reemplace al que fue abortado.

9. Algunas mujeres sienten odio hacia sus parejas a los cuales culpan por el aborto.

Para Fabiola su hijo nació y se le fue arrebatado de los brazos por una amiga imaginaria, su vida quedo muy afectada después del aborto y de las violaciones pero nunca se le dio la ayuda necesaria, muchas mujeres pasan por depresión, algunas logran superarlo y otras no... Fabiola imagino estar embarazada y tener a su bebe, ella dice que la dejaron en un basurero y lo que sí es cierto es que ella despertó tirada en uno después de una noche de drogas, alcohol y sexo, y su mente unifico su pasado con ese episodio, fue muy tarde cuando quise ayudarla pues ella me odia como a nadie en el mundo.

"Mantente fuerte, recuerda que está nublado ahora pero no puede llover para siempre"

CAPÍTULO

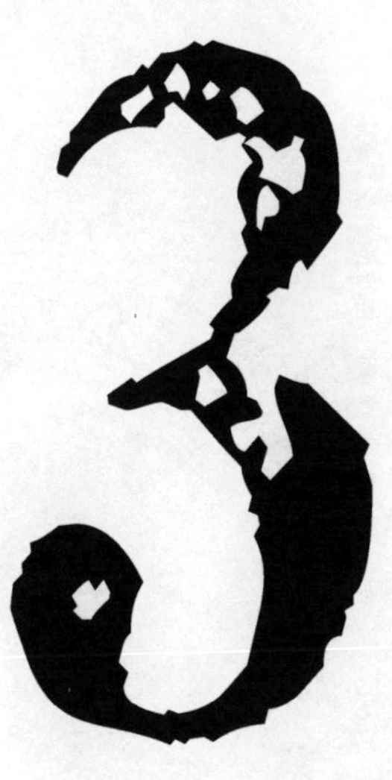

La muerte del alma.

Sabes Ricardo no se qué pensar de todo lo que nos ha dicho doña María, no puedo creer que mi amiga este pasando por todo esto, que la depresión post aborto existe y que incluso puede durar por años, no sé qué pensar amigo...

Yilda si logramos averiguar mas sobre el aborto y sus consecuencias tal ves podamos ayudar a Fabiola y hacer que lo logre superar, tú misma dijiste que ella piensa que morirá en poco tiempo...

¿Y si ella quiere atentar contra su propia vida?

No Yilda no puedo permitir todo esto... mañana es el debut en el teatro y no sé si podre dormir, pero necesito ir e investigar más para poder ayudarla, necesito que ella tome terapia y que supere las violaciones que ha tenido pero sobre todo lo del aborto, ella es una mujer bella y llena de vida, pero ha regresado a su vida este mal momento y no sé por qué...

El teatro está totalmente lleno, en el escenario se logra ver en suelo unas capas de humo, al fondo una máscara blanca y todo a su alrededor es oscuro, unas luces azules se ven entre marcos negros, candelabros por todas partes y la luz de la velas le da a todo el escenario un toque misterioso...

Al centro una luz blanca se enciende e ilumina a Fabiola, un traje blanco lleno de perlas resalta sobre su cuerpo, la parte superior de su vestido es como ver el traje de una mujer vampiro, entre tela transparente y dando un toque de puntas en los hombros, hacia el cuello un poco alto pero rodeado de perlas brillantes, unos labios rojos como siempre le ha gustado tenerlos, el cabello con un toque alto hacia atrás pero con una caída tan grande que el cabello le llega hasta la parte baja de la espalda, de la cintura una cola en el vestido que pareciera no tener final.

[Fabiola:]
En un momento soñé
y su voz escuche
mi nombre grito
Y en silencio quede...
era un fantasma dentro de mí.

Ricardo tan elegante, con un traje negro, un corbatín del mismo color de la luz de las velas, su peinado tan formal y se logra ver una barba tan perfecta, pero con una máscara que le cubre media cara, sale desde el fondo y empieza a cantar...

[Ricardo:]
mi ángel eres tú y
yo dentro de ti....
débil fui pero de ti me enamore
En mi maldad el corazón
Y en tu ser mi dolor

Fabiola se ve tan extraña de repente, canta con tanta pasión que nunca se le había visto a tal manera, su voz es tan fuerte y bella que todos sienten su sentir... su hijo está ahí... llego a verla y a verla partir...

[Fabiola:]
Un fantasma serás
Y con mi amor no podrás
De otro me enamore
Y su esposa yo seré

[Ricardo:]
jamás te dejare
Y tu cárcel yo seré
De mi no escaparas y
Tu amante morirá.

Fabiola deja de ver a Ricardo y no aparta su mirada de su amiga causante de tanto dolor, su hijo le sonríe y con su manita un beso al aire logra expresar…

Fabiola minutos antes se había tomado un tranquilizante pero al no sentirse bien tomo más de la cuenta y ahora su alma esta por perder…

Extiende sus brazos, Ricardo la toma de la mano, ella lo ve con lagrimas en los ojos, ¡es tan bella Fabiola piensa Ricardo!

Fabiola voltea su cara y juntos siguen cantando…

[Juntos:]
Mi alma y tu canción
Fueron mi pasión
Te dejo mi amor
Pero con un gran dolor.

Un fantasma seré dentro de ti

[Ricardo:]
En tus manos mi fantasía
Y en ti estoy yo
Mi alma y mi canción
Serán por siempre una pasión.

Sus brazos como abrazando a un bebe, su mirada firme, da pasos al frente, se le ve como relajarse, un gran dolor llega a su ser, siente perder la vista, ve a todos lados y su hijo no logra aparecer... su mirada ahora expresa dolor y en su canto se logra entender...

[Fabiola:]
Los dos para los dos

Camina a un extremo del escenario, Ricardo sigue concentrado en su papel de fantasma y desde el centro del escenario canta con pasión total...

[Juntos:]
Mi alma y tu canción
Fueron mi pasión
Te dejo mi amor
Pero con un gran dolor.

Un fantasma seré dentro de ti

[Fabiola:]
Un fantasma seré dentro de mí

Ahora Ricardo se da cuenta que Fabiola está mal... caminan uno al otro hasta juntar sus manos, en silencio Fabiola le dice "perdón" toca su vientre y sangre ve en sus manos, las luces rojas habían sido encendidas y el humo en el suelo parecía ser el infierno mismo...

Fabiola cierra sus ojos, gira su rostro a la izquierda, luego hacia la derecha, abre sus ojos, sube su cabeza lentamente hacia arriba, sigue cantando, lagrimas caen hasta el suelo, baja su cabeza hacia su hombro derecho, cierra sus ojos... y siente la sangre de nuevo en sus manos... es momento de los gritos de la canción... abre sus ojos...

[Fabiola:]
Ah! Ah! Ah! Ah!...

[Ricardo:]
cantemos mi ángel
Cantamos los dos

Ricardo abre sus ojos... ve hacia donde la mirada de Fabiola apunta, una mujer con su hijo ven el espectáculo entretenidamente...

Fabiola dejo de llorar y tiene una cara como de dolor... como quien pierde el alma o como quien acaba de perder a un bebe...

[Fabiola:]
Ah! Ah! Ah! Ah!... Ah! Ah! Ah! Ah!...

[Ricardo:]
Hazlo para mí

[Fabiola:]
Ah! Ah! Ah! Ah!... Ah! Ah! Ah! Ah!... Ah! Ah! Ah! Ah!...

[Ricardo:]
Canta con tu pasión…

Fabiola cae de rodillas al suelo, se voltea y tose, Ricardo la ve… sangre es lo que ve… Fabiola estaba muriendo lentamente, las pastillas ya estaban haciendo efecto, Fabiola lo ve y le dice que todo estará bien… que el show debe continuar…

[Fabiola:]
Ah! Ah! Ah! Ah!… Ah! Ah! Ah! Ah!… Ah! Ah! Ah! Ah!…

[Ricardo:]
Para mí

Fabiola cae,…

[Fabiola:]
Ah! Ah! Ah! Ah! Ah! Ah! Ah! Ah!…

¡Fabiola! … ¡Fabiola!
…
¡Fabiola! …
…
Amor, que te pasa… ¡Fabiola!

Ricardo…

¡Ricardo!

¡Santo Dios!

Ricardo abrázame, nunca dejare de abrazarte Fabiola, tuviste un mal sueño, tus gritos me han despertado y pude ver parte de lo que hacías...

¿Qué te sucede amor?

¡Tienes que confiar en mí!

Estaba soñando con el debut, y todo salía perfecto, veras que en la noche nos ira muy bien amor...

Antes que nada quiero sepas Fabiola que se todo lo que te ha pasado, no sé por qué no pudiste contármelo pero lo importante es que lo sé y que quiero ayudarte y apoyarte en todo lo que necesites. Hable con Yilda y con tu madre y se toda la verdad... lo que te ha pasado ha sido muy fuerte pero tienes que saber que puedes tener una solución y sobre todo que siempre estaré a tu lado para apoyarte y amarte. Tienes que saber y entender que el primer paso a la superación es romper el silencio y aceptar todo lo que te ha pasado. Hable con unos médicos y están dispuestos a ayudarte y a asesorarte en todo, si todo marcha bien te prometo que nos casaremos y tendremos un hijo. Quiero que estés bien y que sepas que el aborto que tuviste no fue tu culpa y que puedes volver a ser feliz como tú quieras ser...

El aborto tiene muchas consecuencias amor tanto físicas como psicológicas, nadie las conoce o nadie sabe de ellas, no es solo el perder a un hijo, no importa si lo querías tener o no, aun así deja consecuencias graves y que debes conocer.

Consecuencias físicas:

- Esterilidad.
- Abortos espontáneos.
- Embarazos ectópicos.
- Nacimientos de niños muertos.
- Trastornos menstruales.
- Hemorragia.
- Infecciones.
- Shock.
- Coma.
- Útero perforado.
- Peritonitis.
- Coágulos de sangre pasajeros.
- Fiebre /Sudores fríos.
- Intenso dolor.
- Perdida de otros órganos.
- Muerte

Fabiola hay casos en el que abortar puede darte una hemorragia y una infección que podría durar semanas, también existe la posibilidad de que les extirpasen el útero.

Trastornos emocionales:

- Llanto/ Suspiros.

- Insomnio.
- Pérdida de apetito.
- Pérdida de peso.
- Agotamiento.
- Tragar constantemente.
- Nerviosismo.
- Disminución de la capacidad de trabajo.
- Vómitos.
- Trastornos gastrointestinales.
- Frigidez.

Efectos psicológicos:

- Culpabilidad.
- Impulsos suicidas.
- Sensación de pérdida.
- Insatisfacción.
- Sentimiento de luto.
- Pesar y remordimiento.
- Retraimiento.
- Perdida de confianza en la capacidad de toma de decisiones.
- Inferior autoestima.
- Preocupación por la muerte.
- Hostilidad.
- Conducta autodestructiva.
- Ira/ Rabia.
- Desesperación.
- Desvalimiento.
- Deseo de recordar la fecha de la muerte.

- Preocupación con la fecha en que “debería” nacer o el mes del nacimiento.

“Han pasado varios años pero mi pena continua.”

Es cierto Ricardo todo lo que dicen estos documentos, nunca quise decírtelo por miedo a tu rechazo, ahora reconozco que tengo problemas psicológicos amor y quiero superarlo.

- Intenso interés en los bebés.
- Instintos maternales frustrados.
- Odio a todos los relacionados con el aborto.
- Deseo de acabar la relación con su pareja.
- Pérdida de interés en el sexo.
- Incapacidad de perdonarse a si misma.
- Sentimiento de deshumanización.
- Pesadillas.
- Ataques / Temblores.
- Frustración.
- Sentimientos de ser explotada.
- Abuso de los niños

Ni pensar Ricardo que todo lo que he pasado por una decisión que no la tome yo misma, y muchas mujeres lo hacen con su propio consentimiento o por no querer ser madres, no saben que muchos son los traumas y las consecuencias pueden durar por años, así es

Fabiola lo importante es que ahora lo entiendes... pero hoy es nuestro gran día, mañana mismo iniciaremos tu terapia, el médico no espera para iniciar el tratamiento.

Todo problema psicológico tiene solución, pero nunca sabremos la de la ayuda que necesitamos si no logramos hablarlo con al menos una persona y que esa persona pueda guiarnos de buena manera. Yilda es una gran amiga, no estoy enojada con ella por contarte todo y llevarte con mi madre, ¡mi madre! Ha de querer matarme he... ella ha sufrido mucho conmigo en todo esto. Pero ya después iré a visitarle.

Escucha Richard están tocando la puerta ha de ser Víctor puedes abrir yo no tardo, ya voy saliendo.

- Hola tú has de ser Víctor, mucho gusto soy Richard, pareja de Stuart
- Hola, si, mucho gusto, soy Víctor.
- Pasa Víctor, Stuart espera por ti...

Víctor gracias a Dios que has venido, llevo días esperando por tu llegada, ¿puedo ofrecerte algo de tomar? Puede ser un vino o un whisky si gustas, permíteme que esta vez sea yo quien te atienda.

- Muchas gracias Míster Stuart, digo... Stuart.

Víctor como bien sabes te he invitado no solo por conocer sobre ti sino también para que me puedas contar sobre donde vive Carmen y lo que sepas de ella, te prometo que estos días he estado pensando mucho en ella y yo solo quiero ayudarla porque sé muy bien que ella está mal y que algo malo le sucede, perdona si te hablo mucho sobre este tema pero es muy importante para mi...

Richard y Stuart ya tendremos tiempo de conocernos mejor y que sepan mas sobre mi pero que les parece si los llevo a la calle donde vive Carmen, se cómo llegar pero no sé muy bien la dirección pero créanme sé cómo llegar.

¿Te parece Richard?

- Está bien Stuart, solo por que se que quieres hacer un bien. Víctor llevamos a su casa pero en el camino nos cuentas más sobre ti.

¡Qué hermoso carro tienen si me permiten decirles!

Muchas gracias Víctor y por cierto me gusta la jacket que traes puesta, se nota que tienes buen gusto he.

Gracias Richard pero no es de marca, pero gracias por el comentario.

¿Víctor dime por donde agarro para poder llegar a esa casa?

- Agarre por toda la k street hasta llegar al redondel donde se encuentra el hospital Georgetown, después del redondel a dos cuadras hay un edificio de apartamentos justo sobre la calle, es ahí donde se puede ver a Carmen en su ventana.
- Saben la primeras veces que vi a Carmen pensé que era una mujer enferma o con algún problema físico, es que tendrían que haberla, se queda como si tuviera la mirada perdida y como contemplando el viento, aquel viento que ni siquiera logra sentir por no poder abrir su ventana, ¿pero Stuart por que tiene tanta insistencia en buscarla o más bien porque cree que está en peligro? o no recuerdo la palabra que uso exactamente.

Sabes Víctor como le conté a Richard hace unos días, Carmen está siendo víctima de violencia domestica y lo sé porque ella misma me conto unas cosas muy fuertes pero algo me dice que ella no llego a nuestra cita aquel día porque algo le está pasando con su marido.

Víctor yo soy médico y hace un tiempo atrás Carmen ingreso a emergencias del hospital donde trabajo y estaba muy golpeada que apenas pude reconocerla, y a mi estimado Stuart se le ha metido en la cabeza que puede ayudarla o que ella la necesita, la verdad a mi no me parece mucho meterme en asuntos que no son míos pero trato de apoyar a Stuart en lo que él siempre quiere, solo espero que todo esto no termine a mal...

- Perdone que le diga Richard pero fue por un hombre que se preocupa en el prójimo que yo pude darle sentido a mi vida y no lo digo en lo sentimental sino en general, yo estaba muy deprimido por un tiempo y quería incluso morirme por algo que me había sucedido y fue un amigo preocupado quien me ayuda a salir adelante y a esforzarme para poder estar estable y superar mis desgracias, los amigos preocupados son como personas tocadas por un angelito.

¡Por cierto a tres cuadras a la derecha!

Creo en tus palabras y es por eso que apoyo a Stuart en esto que quiere hacer pero en realidad espero que sea para bien y no para mal.

¿Por cierto Víctor tú eres peruano?
¡Bueno lo digo por su acento!

Soy del lugar más hermoso de Perú, de un lugar llamado Punta Hermosa, es una playa peruana. Pero les cuento mas al rato sobre eso,

¡Miren ahí es el edificio donde vive Carmen!

Miren hacia arriba justo en el quinto nivel en la venta derecha, mire Stuart, ¡Ahí esta! ¡Ahí esta!

¡Santo Dios! Richard, ya recuerdo a Carlos, mira está ahí agarrándola, ya se de quien me hablaba Carmen, Richard él es un monstro

Tranquilo Stuart no quiero que te alteres por esto, te podría hacer mal, además creo que ya viste donde vive así que prefiero que nos vayamos, será lo mejor por ahora mientras piensas que harás…

¡Pero Richard mira parece que están alegando!

- Ya ven que les dije, esta ventana es así todos los días, solo que no los había visto juntos, siempre la miraba a ella sola, pero si parece que están discutiendo por algo.

…

Carlos creo que el vecino se equivoco o no vio bien, yo solo estaba limpiando la ventana como todos los días…

¡No! No, Carmen, el claramente me dijo que estabas llorando y que te vio desde la calle,

¿Acaso quieres llamar a todos para que te vean con lastima o qué?

Carlos por favor cálmate, te aseguro que no estaba llorando, es mas Carlos solo fue cosa de un minuto si mucho, no estaba muy sucia así que solo medio pase un trapo y eso fue todo...

¡Eres una mentirosa Carmen!

¿Cuántas veces te he dicho que no hables con nadie?, que no le cuentes nuestras cosas a nadie...
¿Cuántas veces tengo que decirte que dejes de andar lloriqueando por ahí?

¿Acaso no entiendes que las personas no te querrán ver bien y que solo se burlaran de ti?

Pero no te pongas así Carlos,
¡Ya te dije todo lo que paso y punto!...
¿Qué has dicho Carmen?
¿Quién te crees que eres para levantarme la voz?

¡Aquí quien manda soy yo!
Al hombre no se le grita y se le respeta en todo maldita llorona...

Carlos no... Carlos suéltame...
¡Suéltame!...

¡Suéltame!...

¡Suéltame!... Carlos, voy a gritar si no me sueltas...

¡Suéltame!...

...

Richard... mira, Richard...
La está golpeando,
¡La está jalando del cabello! Richard...

- ¿Qué he hecho? No debí traerlos aquí, lo siento mucho... por favor vámonos de acá, hemos venido en un momento muy mal...

¡Qué mal ni que nada! Yo voy a entrar no dejare que la golpee mas... lo siento Richard.

Espera Stuart, espera...

(Toca todos los timbres y alguien deja abrir la puerta)

Tengo que hacerlo Richard... lo siento, no puedo dejar que la sigan golpeando...

¡Abran esa puerta!
¡Abran esa puerta!
¡Abran esa puerta!...
¡Abran esa puerta! O llamare a la policía...

Carlos:
¿Quién es usted y que quiere acá?

Stuart:
Carmen... Carmen...
¿Estás bien?... perdona que venga así pero te he visto desde afuera y vi como te golpeaban ¿estás bien?

Carmen:
(Llora y llora, sin poder decir palabra alguna)

Stuart:
¿Qué le estás haciendo?, eres un desgraciado, ¡nunca me agradaste!
Carlos:
¿Stuart? ¿Eres tú? ¿Qué haces acá y quien te dio mi dirección?
¡Carmen! ¿Qué hiciste? ¿Has hablado con este maricon de quinta?
¿Te estás revolcando con este tipejo o qué?
¡Respóndeme mujerzuela!
¿Y estos otros dos quiénes son?...

Stuart:
Carmen, vámonos... te sacare de aquí, te llevare a un lugar seguro... Carmen ven conmigo, todo estará bien te lo prometo Carmen....

Carlos:
¡No toques a mi mujer!
(Golpea a Stuart)

Richard:

¡Metete conmigo si eres muy hombrecito! A Stuart no lo tocaras y menos en mi presencia… te enseñare a respetar a tu esposa…

(Golpea a Carlos)

(Carlos responde al golpe)

Stuart:

Richard no… déjalo… Richard, no.

Carmen vámonos es ahora o nunca Carmen y lo sabes… ¡larguémonos de acá!

Víctor:

Señora Carmen por favor reaccione, tenemos que salir de acá ahora mismo…

(Golpes continúan)…

- Carlos sangra por la nariz, Richard tiene un golpe por la quijada, Stuart grita tratando de alejarlos y de sacar a Carmen, Carmen no para de llorar, los vecinos todos afueras de sus puertas, Víctor tratando de calmar a los vecinos para que no llamen a la policía, la policía va en camino y Carmen…

Carmen:

¡Ya basta!… ¡basta ya!

Estoy cansada de todo esto, ¿y tu quien eres? Y tú también… ni siquiera los conozco, ¡y tu Stuart! ¿Qué haces en mi casa?

(Gritaba Carmen)
¡Largo! Lárguense de mi casa...

Stuart:
Carmen pero...

Carmen:
Pero nada Stuart, yo estoy bien y estaré bien, no tienes el derecho de venir a mi casa, invadir mi espacio y sobre todo golpear a mi esposo, ¿Quién te crees que eres?

¿Carlos estas bien? Mi amor perdóname por todo esto, te juro que no sé que es todo esto...

Por favor Stuart váyanse de mi casa y váyanse los tres, lo que has visto acá solo es un mal entendido, Carlos y yo solo estábamos discutiendo por una tontería...

¡Largo!... ¡Largo!.. ¡Largo!

- Carmen empuja a golpes a Richard, Víctor y Stuart, los conduce hacia la puerta, Carlos tiene un rostro que ni el mismo puede creer lo que Carmen estaba haciendo, Stuart le sigue insistiendo a Carmen que salga de ahí, Víctor solo quiere salir corriendo, y Carmen dice en voz baja...

"lo siento Stuart, el no es un mal hombre, solo tiene problemas, yo sé que me ama y que pronto cambiara, yo lo amo y no lo puedo dejar"

(Cierra la puerta)

"Las palabras se olvidan cuando no dejan dolor"

CAPÍTULO

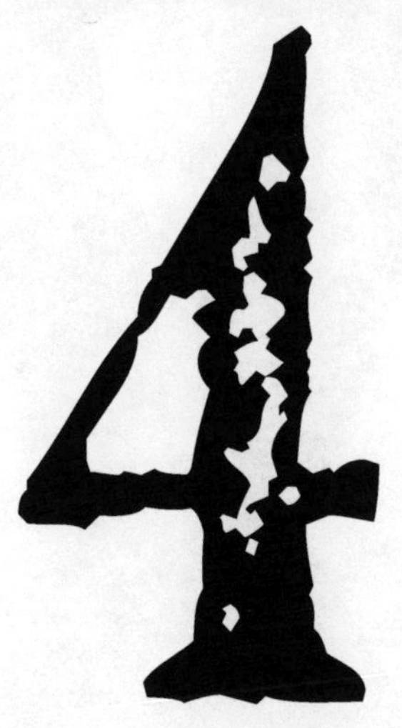

Cruce del destino.

Richard le dije a Víctor que comeremos los tres hoy en casa, le dije que viniera a eso de las ocho de la noche cuando tu ya estés en casa y de paso así logras darte una ducha antes que el venga,... hace quince días que no lo veo, bueno que no lo vemos... desde el problema con Carmen, ¿No tienes problema con que el venga?

Está bien Stuart, no tengo problema que el llegue a casa pero siempre y cuando ya no nos lleve a ningún lado he, que la ultima vez pase como dos días con el dolor de mandíbula.

No amor, te prometo que esta vez será todo tranquilo y en casa nos quedaremos, ¡y así sirve para que conozcamos más de nuestro nuevo amigo!

7:30 pm

¡Ya estoy en casa Stuart!
Hey hola, estoy en la cocina, ¿cómo te fue hoy? Bueno en un hospital todo es trágico ¿pero todo bien amor?

Si, te cuento que fue un día normal como otros aunque hoy déjame decirte que me hice amigo de una "famosa del canto" una mujer extraordinaria con una bella voz.

Así, que bien amor...

Le he dicho que tengo pareja y que eres amante de la música y pues nos invito a una de sus presentaciones, así que en unos días iremos a oírla cantar ¿Qué te parece?

Me parece estupendo, ¡ya tu sabes que soy fanático de las canciones y mejor si son románticas he! ¿Pero quién es ella dime, para ver si ya la he visto o la he escuchado?

Se llama Fabiola pero no recuerdo ahora mismo el apellido... pero ya habrá tiempo para que la conozcas así que no te preocupes. ¡Oye tocan la puerta ha de ser Víctor, ya son las ocho!

¡Pasa Víctor! Esta abierto...

- Hola, ¡hola queridos amigos de aventuras salvajes!

Ni lo menciones he, que Richard me tiene castigado aún por todo eso, perdona Víctor no pensé que ese día todo se iba a salir de control.

No le hagas caso a Stuart solo exagera un poco aunque si quede dos días adolorido del rostro, pero siéntate Víctor, ahorita serviremos la cena, pero cuéntame algo... tenemos un tema pendiente

- Así, ¿Cuál?

Mira a Richard le encanta todo sobre las culturas diferentes y se le ha metido en la cabeza que quiere hacer un platillo típico de tu región...

- Oh es cierto, ya no les termine de contar nada ese día, pero después de haber pasado por todo eso lo que menos iban a querer oír era mi historia.

¡Cuéntanos sobre ti! Como dicen por ahí... cuéntame tus generales.

Hay amigos si les cuento mi historia creo que no me la van a creer o es mas creo que nunca más me volverán a invitar a su casa y no querrán ser mas mis amigos... pero eso pasa muy a menudo así que entenderé si esto pasa acá también.

Como crees Víctor, sea cual sea tu historia jamás te podremos cerrar las puertas de nuestra casa y menos negarte nuestra amistad, Richard y yo somos personas de bien y con buenos sentimientos... no tengas pena.

Pues verán... naci en Playa Hermosa, Perú, que lugar tan bello y no es porque yo sea de ahí sino que realmente es un lugar hermoso, tiene muchas playas y muy famosas todas pero donde yo nací es único, el distrito de Punta Hermosa es uno de los cuarenta y tres distritos que conforman la provincia de Lima, ubicada en el departamento de Lima, asimismo Punta Hermosa es cuna y hogar de grandes profesionales del deporte de tabla Hawaiana, las playas forman lo que se conoce como "los cuatro kilómetros de oro" porque en su litoral hay doce rompientes que se encuentran entre las mejores y más variadas olas de la costa de Lima y entre las mejores del Perú y del mundo si me permiten decirlo.

Inclusive con una de las olas más grandes de América, como lo es la ola conocida como Pico Alto. Esto hace de Punta Hermosa un lugar especial para la práctica de deportes náuticos, especialmente el surf.

El mar de Punta Hermosa es completamente limpio y saludable, pues en él no se vierten desagües, pues la vocación ecológica del distrito ha implementado una red de alcantarilladlo que permite la reutilización de las aguas servidas, previo tratamiento para regar las aéreas públicas.

Punta Hermosa cuenta con importantes y emblemáticos lugares, para la práctica del surf, para pescar en su abundante y generoso mar y hasta con una zona oriental que en invierno desarrolla un micro clima denominado "lomas" en donde crece, en esa época, la flor de Amancaes y otras especies típicas de la costa de Lima. También existen restos arqueológicos de la cultura Itchma, que hasta ahora han sido poco investigados.

Como podrán ver vengo de un lindo lugar y sobre todo hermoso como les decía pero la verdad es que vengo de un hogar muy pobre y humilde pero sobre todo de un hogar lleno de amor, siempre tuve a mis padres a mi lado pero en mi afán de querer salir de Punta Hermosa cometí mucho errores pero lo más duro para mí fue crecer con muchas limitaciones, cuando al fin logre llegar a este país después de mucha lucha y sacrificios trate de llevar mi vida por un buen camino pero el destino me hizo una mala pasada y me sucedió algo muy malo...

¿Tan malo es amigo?

Si, Stuart, bueno al menos para mí lo fue por un tiempo hasta que me logre informar y saber llevar mi vida a pesar de lo que me sucedía, pero un amigo me ayudo mucho en mi proceso que le estoy eternamente agradecido.

¿Qué te sucedió Víctor?

Bueno la verdad es que por cosas del destino, de Dios o como quieran verlo, debo decir que por casualidad iba caminando y en una calle estaba un grupo de personas, estaban haciendo pruebas de SIDA gratis, me pararon para que me la hiciera y yo me pregunte ¿Quiénes son estas personas y porque hacen estas pruebas? Pero sobre todo ¿Qué es el SIDA realmente? Solo por curiosidad accedí.

¿Cuál fue tu resultado Víctor?

Perdona a Richard amigo, pero es muy curioso...

Bueno no tengan pena, les contare todo... pues resulta que primero les pedí que me explicaran como era esa prueba pues nunca me la había hecho y no sabía si dolía mucho o como, pero fue sencillo, primero pregunte,

¿Qué es la prueba de VIH / SIDA?

Y pues me explicaron que La prueba del VIH es la única forma fiable de saber si una persona está o no infectada por el VIH (virus de la inmunodeficiencia humana).

Las pruebas de diagnóstico del VIH que se emplean habitualmente son tests que detectan los anticuerpos que genera el organismo frente al VIH. Según el tipo de prueba se utilizan muestras de sangre o saliva.

O si eso es cierto, Richard sabe mucho sobre eso Víctor, por su trabajo en el hospital,... pero sigue, cuéntanos.

En qué consisten las pruebas rápidas, pregunte... ella me dijo que estas pruebas se denominan así porque el tiempo, desde la extracción de la muestra hasta la obtención del resultado, es menor que con otras técnicas. Su característica fundamental es que el resultado puede obtenerse en menos de 30 minutos.

No es necesario realizarlas en un laboratorio porque son de fácil realización, al no precisar aparataje, y de interpretación subjetiva (la lectura no está automatizada). Un resultado positivo a estas pruebas SI requiere una confirmación posterior de laboratorio. Un resultado negativo no requiere confirmación, aunque puede ser necesario repetir la prueba más adelante.

Las pruebas rápidas emplean generalmente una pequeña muestra de sangre, que se obtiene de un dedo mediante un pinchazo con una lanceta, o saliva. Y yo pues me hice la prueba de primero por medio de saliva. Y la verdad no pasó ni quince minutos cuando ya había una respuesta.

Antes de saber mi resultado quise hacer algunas preguntas fáciles...

¿Qué significa un resultado positivo? No podía dejar de preguntar eso...

Alexia me respondió: Un resultado positivo significa que se han detectado anticuerpos contra el VIH, y que por tanto la persona se ha infectado con el virus. Es importante que la persona diagnosticada sea valorada cuanto antes por el médico para que le informe de los pasos a seguir. El tratamiento antirretroviral mejora la calidad de vida porque evita complicaciones, y retrasa la progresión de la enfermedad.

Existen organizaciones de personas afectadas por el VIH que proporcionan de forma gratuita servicios de información, asesoramiento y atención psicológica, y que ofrecen un espacio para compartir experiencias, expresar emociones, consultar sobre temas de salud y problemas derivados del diagnóstico, etc.

¡Otras de las preguntas fue algo así como quienes deberías hacerse la prueba! Yo lo que tenia era pura curiosidad pero a la vez me quería informar de todo, pues siempre es bueno aprender algo todos los días...

Cualquier persona, hombre o mujer, puede estar infectada con el VIH si ha tenido prácticas de riesgo, es decir, si se ha expuesto al VIH a través de relaciones sexuales sin protección o a través de la sangre.

Incluso leí en una de las hojas que me dieron que está recomendado hacerse la prueba del VIH cuando se encuentra uno en cierto grupo de personas...

- A todas las personas que lo soliciten
- Si está, o piensa quedarse embarazada.

- Ante cualquier sospecha de una exposición de riesgo:

    - Relaciones sexuales con penetración sin preservativo con una mujer o un hombre con infección por el VIH.
    - Relaciones sexuales con penetración sin preservativo con una o diversas parejas de las que desconocía si estaban infectadas o no.

- Si ha padecido alguna infección de transmisión sexual: gonococia, sífilis, clamidiasis....
- Si tiene una pareja estable y quiere dejar de usar el preservativo en sus relaciones sexuales.
- Si procede de algún país de alta prevalencia de VIH
- Si ha tenido relaciones sexuales sin protección con personas de países de alta prevalencia de infección por VIH.
- Si es pareja sexual de una persona con infección por VIH
- Si usa o ha usado drogas, inyectadas o no (también sus parejas sexuales)
- Si es un hombre que mantiene relaciones sexuales con hombres (HSH). También sus parejas sexuales

- Si ejerce la prostitución (mujeres, hombres y transexuales). También sus parejas sexuales y sus clientes
- Si es una persona heterosexual con más de una pareja sexual y/o prácticas de riesgo en los últimos doce meses
- Si ha sufrido una agresión sexual
- Si ha tenido una exposición de riesgo ocupacional al VIH
- Si presenta signos o síntomas que le parece que pueden ser debidos a una infección por el VIH

Pues como podrán ver después de que leí todos esos puntos pues no podía dejar de hacerme la prueba y salir de dudas o del susto que tenia, pues como todos yo quería saber pero sentía miedo. Lo bueno es que te dan ayuda inmediata si sales positivo y bueno para que cansarlos más, mi resultado fue positivo y tuve que hacerme otras pruebas de sangre y tenía la esperanza que no fuera positivo pero todas las pruebas dieron el mismo resultado una y otra vez.

No sabes Víctor como siento escuchar eso pero lo bueno es que ahora todo es tratable y cuentas conmigo y con Richard, bueno tienes que saber que cuentas con ambos, ¿pero sabes que puedes llevar una vida normal?

Bueno después de los resultados lógicamente me puse muy mal pero después de un tiempo averigüe todo lo necesario… había mucha información y muchos folletos, y pues decían cosas como:

Tratamiento de la infección por VIH y el Sida

Los tratamientos específicos contra el virus del Sida se denominan Tratamientos Antirretrovirales. Estos tratan de evitar la reproducción del virus dentro de las células infectadas.

La acción de las sustancias antirretrovirales consiste en dificultar o impedir la acción de estos enzimas.

Hoy en día, la combinación de dos o tres tipos de sustancias que bloqueen dos o tres enzimas o bien un mismo enzima de dos formas diferentes, puede permitir parar la reproducción del virus en la célula infectada.

Es lo que se llama la Terapia Combinada: actualmente las combinaciones de medicamentos causan un impacto que hace bajar el valor de la carga viral hasta un 99% (mil veces menos de virus en la sangre de los que se tenían al comenzar el tratamiento). Esto permite a muchas personas comenzar una recuperación inmunológica lenta pero constante y librarse de los efectos o riesgos de sufrir infecciones oportunistas, aunque de momento no consiguen erradicar el virus del todo.

Saben había un documento que me llamo mucho la atención pues decía algo sobre que el sida no discrimina a nadie y que nos puede pasar a todos, el folleto se llamaba lo básico del VIH y Sida, y decía El VIH no discrimina. No le importa quién eres: negro, latino, nativo-americano, asiático, heterosexual, gay o bisexual. Cualquier persona se puede infectar con el VIH, el virus que causa el SIDA, porque no se trata de quien eres sino de que es lo que haces para exponerte a contraer el VIH. Solamente tú te puedes proteger de este virus.

SIDA significa Síndrome de Inmunodeficiencia Adquirida. Es causado por un virus llamado VIH, Virus de Inmunodeficiencia Humano, el cual debilita el sistema inmune del cuerpo (tu defensa contra infecciones) a tal punto que pierde la habilidad de combatir infecciones y enfermedades. Algunas medicinas pueden alargar la vida de las personas que tienen SIDA, pero no hay cura.

La mejor manera de combatir el virus es el protegerte de él.

¿Cómo se transmite el VIH?

Por contacto directo con sangre, semen, fluidos vaginales y leche materna.

Y fue algo muy curioso sabes Stuart y resulta que yo tenía el virus desde niño solo que no estaba desarrollado en mi cuerpo y me fue transmitido por leche materna, pero mi madre nunca supo que estaba enferma y resulta que mi padre en unas noches de alcohol tuvo relaciones con otras mujeres y una de ellas ya había sido infectada y se lo contagio y de esta forma mi padre a mi madre y mi madre a mi… ya te imaginaras el problema que se armo después cuando se supo todo pero a mí nunca me dijeron nada hasta hace poco que les conté lo que me pasaba y fue como supe esto.

Qué triste y duro saber que por una noche loca o una noche de copas termines en otra cama que no es la tuya y que por un poco de placer se destruya no solo una vida sino ahora la vida de tres seres humanos.

Creí que nunca iba a poder tener relaciones sexuales y la verdad para ese entonces era virgen pero descubrí que puedo tener relaciones sexuales tan normales como muchos otros o como todos mejor dicho, y resulta que…

Perdona que te interrumpa Víctor pero tu historia es tan dura y triste pues estas enfermo pero no fue tu culpa, y no puedo entender a aquellas personas que buscan sexo por placer y arruinan sus vidas, sabes en el hospital conocí a una señora que tenía sida y todo por culpa de su marido frustrado y pues él se caso con ella siendo gay de closet y todo porque vivimos en una sociedad donde juzgan y rechazan a todo homosexual y muchos hombres por temor a la sociedad prefieren casarse con una mujer y llevar una doble vida, y esta pobre mujer resulto positiva del virus porque su esposo mantenía relaciones sexuales con otros hombres a quienes se encontraba en las calles o en cualquier otro lugar. Perdona que te haya interrumpido, pero es algo molesto todo eso ¿no crees?

La verdad pienso lo mismo, pero mientras les sigo contando me voy sirviendo otro trago, ¡por cierto Stuart cocinas delicioso!

Bueno Richard y Víctor yo creo que el SIDA, como muchos hechos de la vida, puede ser tomado como una tragedia ante la cual no hay nada que hacer, o bien, como una oportunidad para hacer cambios en nuestras vidas.

Es muy frecuente que cuando una persona sabe que ha adquirido el VIH/SIDA, cancela su vida sexual, lo cual significa que ha empezado a morir física, mental y espiritualmente.

Por eso es muy importante recuperar la sexualidad. Lo primero que debe hacerse para recuperarla es amar y respetar el propio cuerpo, las emociones y deseos y no culparse por ello. Sin embargo, esto no es fácil, pues cuando una persona se entera de que vive con el SIDA, pueden aparecer en ella diversos sentimientos relacionados con el duelo, lo que implica saberse con una enfermedad que ha sido clasificada como incurable, progresiva y mortal. Estos sentimientos incluyen ansiedad, depresión, incertidumbre, agresión, sentirse víctimas y acrecentar el miedo a la muerte.

Entre las modificaciones que sufre la sexualidad de una persona que se sabe viviendo con VIH/SIDA, podemos anotar situaciones en que el deseo sexual desaparece. En otras ocasiones, aunque este deseo permanece, el miedo a transmitir el virus a otra persona o a reinfectarse a sí mismo, puede llevar a la decisión de no ejercer la sexualidad.

Otras veces, cada vez más raras, afortunadamente, el sentimiento de coraje, si no hay un adecuado apoyo psicológico, puede conducir a un deseo de desquite a través de intentar infectar a otras personas. En este caso el deseo puede no incrementarse, aun cuando la actividad sexual sí aumente, con un número mayor de parejas ocasionales. Obviamente al incrementarse el número de parejas, se aumentan también los riesgos de transmitir el virus y de reinfectarse por el VIH o de infectarse por otras enfermedades, todo lo cual acelera el avance hacia el SIDA.

Otra situación que se presenta es la de la pérdida de la pareja, ya sea porque la persona se entera de que está infectada en el momento en que su pareja enfermó o murió, o bien porque es abandonado por el compañero o compañera sexual, cuando se entera de que la persona está infectada por el VIH. Esto repercute en la autoestima y se traduce en un temor a establecer nuevas relaciones, que puede llevar a un aislamiento emocional y a la abstinencia sexual.

Una persona con VIH/SIDA, que se ha infectado por vía sexual, puede tener que enfrentarse a la necesidad de revelar, no sólo su enfermedad, que está muy estigmatizada, sino también a descubrir aspectos de su sexualidad que pueden ser socialmente inaceptados, como la homo o la bisexualidad, o bien el encontrarse involucrada en prácticas de riesgo que son consideradas inadecuadas y aun denigrantes, como tener diversas parejas sexuales o ejercer el trabajo sexual.

Todo ser humano está obligado a relacionarse amorosamente con los seres que le rodean, por tanto, aunque no se ame a alguien en especial, existe la obligación de no engañar, de no exigir a cada quien más de lo que pueda dar y a no prometer nada que no podamos cumplir. Es decir, hay que relacionarse con cada persona consciente de que cada ser humano es valioso.

En este sentido tenemos que partir del principio del respeto a las necesidades afectivas y eróticas de cada persona; de practicar la empatía, es decir, la capacidad de entender sus propias motivaciones, sin juzgarlas y de dar la aceptación incondicional, pues estas son las bases para construir una relación adecuada con cualquier persona. Pero aún más importante es que antes que con cualquier otro ser, se apliquen estas condiciones a la propia vida.

Si se hace así, se respetará la sexualidad de cada uno, que es única, sin exigir actuar distinto a como los sentimientos y necesidades profundas de cada quien lo pidan. Las personas portadoras del VIH deben relacionarse honestamente con quienes acepten su seropositividad, sabiendo que ésta no define a la persona, sino que en todo caso, define la capacidad humana de amar.

Bueno como siempre dije, digo y diré... no importa tu raza, color, religión, posición social o como te creas, sino amas al prójimo estas muerto en vida, porque Dios mismo nos enseña en sus escrituras que ese es uno de los mandamientos más fuertes que Él nos ha dejado, sin importar si eres gay, heterosexual o cualquier preferencia que tengas.

"Dios es más que una religión, es una relación con religión"...

Pero Víctor si tú tienes el virus pero está inactivo sabias que puedes tener relaciones sexuales sin problema alguno, ¡es decir incluso puedes tener sexo sin condón!

Sí, claro, estoy enterado de ello pero siempre y cuando mantenga mis medicamentos y todo al pie de la letra.

Pero bueno, esto se ha vuelto una clase sobre sida o una cena triste, ¿creo que fue mucho por un día no creen?

Tienes razón Víctor, ¿Qué te parece si mejor te invitamos a un concierto? Justo hace un par de horas le comentaba a Stuart que estamos invitados a una presentación de una nueva amiga que es cantante y pues la verdad es que tengo muchas ganas de ir a verla y escucharla cantar, la conocí en el hospital el día de hoy, ella se llama Fabiola pero no me preguntes el apellido porque no lo recuerdo,

¿Te gustaría acompañarnos mañana?

¡Claro si no tienes nada que hacer!

Me parece genial y muchas gracias por la invitación, acá me tendrán mañana sin falta alguna, muchas gracias por todo, por escucharme y por comprenderme, gracias por tan rica comida y sobre todo por la compañía. A por cierto les traje un folleto sobre el condón, no lo tomen a mal, solo me lo dieron hoy y pensé en traerles uno.

Bueno Stuart como siempre un gran gusto saludarte y volverte a ver, sabes, ya me siento más en confianza con ustedes.

Gracias a ti por haber venido y por habernos contado tu historia, cuenta siempre con nosotros ok, ¡Hasta mañana!

¿Qué te pareció todo amor?

Bueno Stuart, la verdad muy fuerte todo pero me alegro que lo hayas invitado a casa, es un gran ser humano y lo ayudaremos en todo lo que se pueda, de paso dame ese folleto que me lo voy leyendo he...

¡Nunca esta demás el saber!

¡Recomendaciones para el uso correcto del condón! Mira que buen tema Stuart.

Todos sabemos lo que es el condón, pero la pregunta seria ¿sabemos cómo utilizarlo?

¿Sabemos para qué sirve realmente?

Lo primero y lo más importante que debemos saber sobre el condón y su forma correcta de usar es:

- Seccionarnos que el paquete no se encuentre en mal estado o roto,
- Que el color del condón no sea diferente al que normalmente conocemos
- Siempre debemos ver la fecha de vencimiento
- Si el condón está seco es seña que perdió su lubricación y no debe de ser utilizado.

Saber cómo usar el condón es lo más importante que debemos saber para poder vivir nuestra sexualidad libremente y sin estrés. El uso correcto del condón nos ayuda en un pporcentaje de eficacia en la prevención de embarazos y de enfermedades hasta un 97% a 98%, a las enfermedades de transmisión sexual comúnmente se le dice ETS. El condón es un método anticonceptivo y de prevención de ETS únicamente cuando sabemos cómo utilizarlo.

Debemos tener cuidado a la hora de abrirlo ya que si se usan las uñas u otros métodos podemos romper el empaque, debe ser abierto con la yema de los dedos. La mayor parte de los condones traen en el empaque unas orillas, que señalan el lugar donde abrirse.

Si notamos que el empaque ya no guarda aire en su interior es un indicio de que debe desecharse pues ya no nos protegerá de situaciones futuras.

Debemos recordar y tener presente que el uso correcto nos puede protegerse de las infecciones de transmisión sexual, incluido el VIH.

Nunca se recomienda usar dos condones de cualquier tipo a la vez, porque la fricción entre ellos puede ocasionar que se rompan el uno al otro.

En caso que esto suceda tanto nosotros como la pareja esté pendiente de situaciones que le pueden ayudar a prevenir un embarazo o atender oportunamente una posible infección. Si la persona no está segura de que su pareja está libre de alguna infección de transmisión sexual o fue un encuentro casual, debe estar pendiente de los síntomas que en sus cuerpos se manifiesten, teniendo en cuenta la comezón, dolor o ardor al orinar, sensación de orinar constantemente o signos aparición de granos o úlceras que pueden o no causar dolor, secreción uretral o vaginal si se llegaran a presentar en los siguientes días deben acudir ambos lo más pronto posible a un médico para recibir la atención médica adecuada.

Siempre se debe de continuar con el tratamiento indicado por el médico y llevarlo de manera adecuada aún cuando los signos y síntomas ya no sean notorios.

Para descartar si se ha adquirido el VIH es necesario esperar tres meses para realizar una prueba y obtener algún diagnostico.

Siempre debemos limpiar el pene y vagina, orinar después de la relación sexual puede ayudar a que no se generen bacterias que pudieran ocasionar molestias, o una infección de vías urinarias pero no disminuye el riesgo de adquirir una infección de transmisión sexual. Podemos utilizar varios métodos para prevenir un embarazo pero no protegen de las infecciones de transmisión sexual.

El condón es método comúnmente utilizado para evitar la transmisión del VIH durante la relación sexual. Los condones de látex no permiten ni el paso de una molécula de agua, que es aún más pequeña que el virus de la inmunodeficiencia humana, lo que prueba su capacidad de prevención pero no la garantiza.

Para facilitar la penetración, cuando el condón ya está colocado en el pene, es recomendable usar abundantemente algún lubricante, por lo general deben ser a base de agua como el KY, Lubrizal o Lubrigel; nunca deben usarse aceites ni otra grasa a base de petróleo.

Una vez retirado el condón, el extremo abierto debe amarrarse para evitar que el contenido se salga. Los condones deben usarse solamente una vez.

De nada sirve traer el condón en el carro, billeteras o bolsa de mano, lo importante es usarlo. Los preservativos pueden presentarse en color natural y en toda la gama del arcoíris, pudiendo ser transparentes, opacos e incluso fosforescentes.

Hoy en día existen algunos condones con estampados en su superficie hayr lisos o con texturas para lograr una sensación más intensa. Con aromas diversos, vainilla, fresa, chocolate, banana, coco, entre varios más, con formas distintas especiales para aumentar la comodidad o la sensibilidad, incluso encontraremos algunos sensitivos y con lubricante saborizado.

No podemos olvidar también que existe el preservativo femenino, El condón femenino, consiste en una funda o bolsa que cubre el interior de la vagina y los genitales externos. Además de cubrir los labios genitales y el clítoris, evita que los testículos estén expuestos a contagio o contagiar enfermedades de transmisión sexual como el virus del papiloma humano incluyendo el VIH

Su grosor varía. La abertura del preservativo tiene un anillo y en el interior se encuentra otro anillo no integrado estructuralmente en la bolsa que conforma al preservativo, y que sirve para insertarlo adecuadamente en la vagina.

- Buenas noches amor, que descanses...

- Buenas noches Stuart, gracias por la cena.

"El peor castigo lo vivirás con la conciencia"

CAPÍTULO

Tú ayuda, mi camino.

15 días antes.
(Casa de Carmen)

- Carmen empuja a golpes a Richard, Víctor y Stuart, los conduce hacia la puerta, Carlos tiene un rostro que ni el mismo puede creer lo que Carmen estaba haciendo, Stuart le sigue insistiendo a Carmen que salga de ahí, Víctor solo quiere salir corriendo, y Carmen dice en voz baja...

"lo siento Stuart, el no es un mal hombre, solo tiene problemas, yo sé que me ama y que pronto cambiara, yo lo amo y no lo puedo dejar"

Carlos:
Te das cuenta de todo lo que provocaste, nada de esto era necesario pero como te encanta andar dando lastima y llorando con todos, esto es tu culpa, mira como me han dejado lleno de sangre, ¿esto es lo que quieres? Si me dejas Carmen me matare y lo hare en tu presencia para que nunca puedas olvidarme, eres todo lo que

tengo y no lo perderé, así que ya sabes, intenta dejarme y me matare ¡y lo digo en serio!

- No cielo, perdóname, yo te amo y no sé porque Stuart hizo todo esto, pero deja ese cuchillo en su lugar, Carlos por favor cree en mí, no te dejare y no dejare que te hagas daño...

Me voy a matar Carmen y no estoy jugando, me matare si me intentas dejar,
¿Carmen tocan la puerta? ¿Quién es? Dime quien es Carmen, ¿ahora qué has hecho?

¡Policía de Washington D.C!
¡Abran la puerta!

- Buenas noches oficiales, soy Carmen ¿en qué puedo ayudarles?

Hemos recibido una llamada avisándonos sobre un problema en este domicilio,
¿Está todo bien por acá?
¿Ese señor es su esposo?
¿Por qué está sangrando?

- Si oficial el es mi esposo, pero esta lastimado, sucede que hace un momento tocaron a mi puerta unos sujetos y al abrir la puerta nos atacaron, eran tres hombres desconocidos, mi esposo lucho contra ellos y salió lastimado, pero justo ahora vamos de salida directo al hospital y a poner una denuncia...

¿Es eso cierto señor?

Si oficial, perdone que no haya respondido antes pero tengo mucho dolor en la nariz, lo que mi esposa dice es lo que paso, pero agradecemos que hayan venido, pero nosotros iremos ahora mismo a poner una denuncia y al médico...

Ok, levantaremos un reporte y no deje de ir a las oficinas a levantar una denuncia formal.

¡Una pregunta más!
Antes de tocar la puerta escuchamos que discutían. ¿Señora Carmen hay algo que nos quiera contar?

- Solo estábamos alterados oficiales, pero todo está bien.

Que tengan buena noche y les repito, no dejen de levantar la denuncia formal sobre todo lo que ha pasado esta noche.

...

...Carmen nunca volverás a contarle a nadie sobre nuestra relación y de eso me encargare yo mismo, ¡acaso piensas que puede venir cualquier tipejo a tocar mi puerta a gritarme como lo han hecho hoy!

¡Contéstame estúpida!

¡Crees que soy tu juguete y que podrás dejarme cuando quieras!

¡Pues ya ves que no es así!

Si tengo la mínima sospecha que hablas con Stuart o que estas planeando algo en mi contra te mato Carmen y me matare yo también, y si eso te parece poco antes de matarme voy a Nueva York busco a tu hermana engreída y la corto en pedazos... de mi no te podrás burlar, acá quien manda soy yo y se hará todo como yo diga que sea.

¿Entiendes?

¡Te estoy hablando, respóndeme!

- Entiendo Carlos, entiendo amor.
- Amor, estaba viendo un anuncio y este domingo hay una congregación que está invitando a la iglesia, podemos ir juntos y pienso que eso puede ayudarnos a arreglar nuestra relación.

¿A una Iglesia Carmen?

¿Acaso me crees estúpido?

Tu lo que buscas es alejarte de mi, además en ese lugar solo te harán sentir como lo que realmente eres, ¡Una mujerzuela! Una cualquiera que anda buscando consuelo fuera de su hogar, además te dirán que te debes someter al hombre porque eso es lo que escrito esta...

El día que se te ocurra asistir a una de esas cosas, ¡ese día realmente te enseñare de lo que soy capaz!

- Solo espero que entiendas que el amor se debe de cuidar y que seas feliz conmigo, pero tú no piensas en mi amor y exiges mi cariño, porque yo te he dado todo mi querer y a ti no te duele golpearme, y mira esta noche todo lo que ha pasado, tuve que mentirle a la policía ¡y tu estas lleno de sangre!

¡Sangre! Mi sangre derramada es por tu culpa, y si te golpeo es porque te lo mereces, eres una buena para nada, una inútil, eres fea, tu cuerpo ha cambiado y es viejo ahora, eres una mediocre Carmen, eso es lo que eres realmente.

- Yo no te hago falta ni me amas eso ya lo sé, ya no se qué hacer, estoy desesperado y siento que voy a enloquecer, es triste saber Carlos que sigo a tu lado y sin saber el porqué.

Sigues a mi lado porque te gusta cómo te hago el amor porque eso es lo único que te gusta,

- ¡Suéltame Carlos!

Nunca, nunca pero nunca Carmen te irás de mi lado, eres mia y me perteneces, lo juraste ante un altar y no te escaparas de mi lado... eres mia te guste o no, y esta sangre que ves hoy no la olvidaras porque con ella te hare mia una vez más...

- ¡Suéltame Carlos!
- Por favor déjame,
- ¿Qué estás haciendo? Por favor déjame Carlos, ¡no quiero Carlos!
- ¡Suéltame Carlos!
- ¡Eso es asqueroso! No me eches tu sangre ay Carlos suéltame, ay por favor, te lo pido... Carlos te ruego suéltame.

¿Esto es lo que quieres? ¿Esto es lo que buscas?, te encanta sacar lo peor de mi, acaso no entiendes que no me debes de provocar ¡ahora te aguantas Carmen! Llegue tranquilo a casa y te pregunte que jodidos hacías en la ventana hoy por la mañana, nada te costaba decirme la verdad, te encanta mentirme, eres una mentirosa...

¡Ahora te aguantas!

¡Abre tus asquerosas piernas mujerzuela!

No te libraras esta noche, ¡eres mia! Y solo mia serás...

- Ay Carlos, para, para por favor...

- Por favor, para.

Si, si... eres mia. Si, Carmen.
¡Carmen eres mia! ...

- ¡Ya no más por favor! Ya acabaste ahora déjame sola, quiero estar sola...

Despierta, ya amaneció,
¿O piensas que no me darás de comer?
Todos los días es lo mismo contigo, debí buscarme a otra mujer cuando pude.

¡Apúrate que tengo que ir a trabajar!

- Carlos, lo cierto es que te quiero más que a mí.

Ni se te ocurra salir de casa y mucho menos pararte en esa ventana, pero ya la cerrare por completo así que ya se te acabara tu drama ventanal.
Me has quitado el apetito, pero no arruinaras mi día por completo, no te daré ese gusto, regresare tarde hoy pero aun así espero que tengas la cena en la mesa.
¡Carlos! ¿Yo soy más que un tormento en tu vida?

¡Uy!... eso ni hace falta que te lo responda.
(Cierra la puerta)

Señor que estas en los cielos, tu sabes mi sufrir, sabes el dolor que hay en mis lagrimas, sabes que soy una buena persona pero no entiendo porque mi marido me ve como una enemiga o porque no me puede amar como yo lo amo a él, tu sabes que ya son muchas veces que él me pega hasta más no poder, tu señor sabes que son golpes fuertes y estas marcas en mi cuerpo son por lo que me ha tocado vivir, estoy segura señor que él no sabe lo que hace y que solo tiene problemas psicológicos, Carlos en el fondo es buen hombre y le ha tocado una vida muy dura desde muy niño y estoy segura señor Jesús que por todo su pasado el es así conmigo.

Ilumíname señor te pido, el no logra cambiar y cada día me pega más y ya no puedo con este dolor, soy una esclava perpetua de mi matrimonio, ya no quiero vivir señor, te pido me lleves contigo y que termine este sufrir, no tengo las fuerzas para seguir y mi vida acá no tiene más sentido.

Quiero alejarme de este mártir que me toco vivir pero no quiero separarme de él, es irónico pero no le veo sentido a mi vida.

Perdóname por este acto que pienso cometer, pero no encuentro la salida ni los medios para solucionar mi matrimonio y mi vida.

¡Donde están mis pastillas!

¿Dónde están?
(Radio)

Tarde es ya, el fin se acerca
y yo estaré esperando por el
siempre listo estaré
y por fin yo seré
libre de barreras
jamás conocí obstáculo para mí
y bien, como yo quisiera

Amado padre que estas en los cielos, perdona a mi alma desgastada, perdóname por estas veinte pastillas las cuales acaban con este dolor de años.

¡Señor!

¡Señor que estas en los cielos!
¡Padre socarra mi espíritu!

Porque siempre al final
todo soñador viví sin pensar
No hay por qué hablar, ni que decir,
ni gritar ni fingir
lo único que puedo decir
Es que todo fue siempre como yo quisiera

¡Pero qué he hecho!
Dios mío perdóname, no sé que estoy haciendo, estoy enloqueciendo en esta vida que llevo.

...

Y si grite también reí
Y si ame también sufrí
Más siempre volé
Como yo quisiera...

¡Pero qué he hecho!

¡911 Auxilio!

Ayuda por favor, mi nombre es Carmen Jovel, acabo de tratar de suicidarme, vivo en...

...

1 día más tarde...

Señora Carmen usted se encuentra fuera de peligro y los análisis están en lo normal, hable con el psicólogo del hospital y me comento un poco de lo que han hablando y me ha enviado unos documentos que necesito que lea pero sobre todo que usted misma analice su vida y que pueda tomar un cambio para su bien y por el de su bebe.

¿Mi bebe?

Si, señora... usted está embarazada tiene aproximadamente siete semanas de gestación y considero que usted necesita llevar una vida tranquila y que pueda darle lo mejor a su bebe que viene en camino, felicidades señora va usted a ser mama.

Lea estos documentos, no tiene que leerlos todos pero si lea algo para que pueda estar informada y sobre todo sepa que hay muchas instituciones que pueden ofrecerle ayuda, descanse por hoy y ya mañana podrá salir, sino quiere regresar a su casa podemos conseguirle un hogar temporal para que pueda pasar unos días en lo que arregla su situación, hay abogados que pueden hacer que su esposo sea destituido de su empresa y usted pueda retomar el control de todo pero como le repito sobre todo de su vida.

20 señales de alarma que debes conocer, si no quieres ser víctima de la violencia de género.

1. Deseo de control: Vive obsesionado por ejercer el dominio entre quienes lo rodean, especialmente con su mujer e hijos/as.
2. Celos: Pueden convertirse en una obsesión.
3. Doble fachada: En público generalmente es seductor, simpático, amable, pero en la intimidad de su hogar puede llegar a ser muy agresivo y violento. No es extraño caer en la seducción de su discurso, incluso para jueces, policías, profesionales, amigos y parientes.
4. Aislamiento: Impone el confinamiento social de su entorno familiar. Una vez que se ha cerrado el cerco aumenta el dominio sobre su víctima, y no es casual que la mujer exprese

que su casa se convierte en una verdadera "cárcel".

5. Abuso de alcohol / drogas / medicamentos: Aunque no es causa de un comportamiento violento, se ha comprobado una frecuente asociación, ya sea porque potencia el enojo y la peligrosidad o porque inhibe el autocontrol.
6. Repetición del ciclo de la violencia: Cuantas más denuncias y episodios de violencia en períodos más cortos de tiempo, mayor peligrosidad del agresor e indefensión en la mujer.
7. Violentos con terceros: Los hijos y las mascotas pueden llegar a recibir maltratos a causa de la ira del agresor. Cuando conduce, el auto puede llegar a convertirse en trampa mortal para sí y terceros; abusa del riesgo y la velocidad.
8. Posesión de armas: Con mucha frecuencia se presenta la posesión y uso intimidatorio de armas de fuego; no obstante, cualquier objeto hogareño especialmente los cuchillos pueden convertirse en armas mortales, así como los puños y los pies, u objetos como escobas, cinturones, almohadones (para asfixiar), planchas y cigarrillos.
9. Desencadenantes de la violencia: Por lo general se comportan de manera sumamente violenta por hechos triviales que más tarde no recuerdan.

10. Golpes físicos: Algunos dejan marcas imperceptibles, y otros llegan a ser invalidantes (especialmente, cuando son en la cabeza, el cuello y el área abdominal durante el embarazo).
11. Cambios súbitos e impredecibles de humor: En un momento está bien y rápidamente explota. Suele destruir objetos sobre todo si son significativos para la mujer y los hijos (títulos universitarios, el jarrón de la abuelita, el juguete más preciado).
12. Espionaje: En algunas ocasiones emplea tácticas de espionaje o contrata a terceros, graba las conversaciones o borra el contestador telefónico, controla las salidas y las amistades de su mujer a través de sus hijos, compañeros de trabajo, familiares y amigos.
13. Simulacros y/o amenazas de suicidio u homicidio hacia su pareja, a sí mismo e hijos/as, situación extremadamente peligrosa. Cuando amenaza, lo hace para que sus comportamientos no trasciendan al exterior.
14. Busca aliados: En su entorno hace proselitismo para su causa. Utiliza a los hijos de mensajeros o espías de las actividades de la madre. Trata de comprometer e intenta la complicidad de los profesionales y coordinadores de los grupos de ayuda mutua.
15. Usa frecuentemente el sexo: Como señal de poder, recrimina a la mujer lo que en realidad

son sus propias falencias y/o problemas (hay insultos frecuentes y sexistas). A la mujer la trata como una cosa.

16. Anónimo: No siempre se identifica, a veces, recurre a terceros para enviar mensajes, a llamados telefónicos anónimos (llama y cuelga), o envía cartas sin firmar.
17. Regalos: Obsequia regalos de manera interesada, inoportuna y para lograr el perdón.
18. Baja autoestima: Se siente inseguro, tanto en el papel de hijo como en el de padre, amante y/o esposo.
19. Dependencia emocional de la mujer: Esto puede ser fatal cuando la mujer decide abandonarlo… "Ella es todo para mí; si se va no respondo de las consecuencias".
20. Depresión: Es frecuente que sufran estados depresivos.

La violencia se ejerce principalmente contra las mujeres, adolescentes, niñas y niños, no importa la edad, nivel económico, social, educativo o laboral.

Ninguna mujer está exenta de sufrir violencia.

Normalmente la persona que ejerce violencia contra una mujer es un hombre, que puede ser tu pareja o tu novio, o incluso alguien con quien ya hayas terminado una relación. Tu familia: padre, hermanos, cuñados, primos, etcétera. Personas conocidas como compañeros de trabajo o escuela, e incluso personas desconocidas como servidores públicos

Relaciones violentas

La violencia no surge de manera espontánea, es una conducta aprendida, es una forma de relacionarse con el otro que se ha normalizado, pero NO es normal.

Fase de luna de miel.

En esta tercera fase, también denominada de arrepentimiento, el agresor se siente culpable pide disculpas a la víctima, le hace regalos y trata de demostrar que está arrepentido. Una vez que ha conseguido el perdón de su víctima, el agresor vuelve a sentirse seguro en la relación y a tomar el poder, y comienza de nuevo el ciclo. Esta fase de arrepentimiento, posterior a la agresión, hace que la víctima mantenga la ilusión del cambio (cree que el agresor modificará su comportamiento), sobre todo en las primeras ocasiones en las que se produce la violencia. Esto puede explicar que la mujer continúe la relación y perdone a su pareja.

El ciclo continúa repitiéndose hasta que desaparece la fase de "Luna de miel".

¿Cómo identificar a un agresor?

Según la psicóloga argentina Cristina Bertelli hay maneras fáciles de distinguir a un agresor:

"Dependencia emocional de la mujer: Esto puede ser fatal cuando la mujer decide abandonarlo... "Ella es todo para mí; si se va no respondo de las consecuencias".Depresión: Es frecuente que sufran estados depresivos.

Celos: Pueden convertirse en una obsesión.

Doble fachada: En público generalmente es seductor y en casa violento.

Aislamiento

Busca aliados: Utiliza a los hijos y espía las actividades de la madre.

Regalos: Obsequia regalos de manera interesada, inoportuna y para lograr el perdón.

Golpes físicos: Algunos dejan marcas imperceptibles.

Cambios de humor: En un momento está bien y rápidamente explota. Suele destruir objetos. Espionaje: En algunas ocasiones emplea tácticas de espionaje o contrata a terceros.

Deseo de control: Vive obsesionado por ejercer el dominio.Repetición del ciclo de la violencia.

Usa frecuentemente el sexo: Como señal de poder

Anónimo: No siempre se identifica, a veces, recurre a terceros para enviar mensajes, o llamados telefónicos.

Baja autoestima: Se siente inseguro, tanto en el papel de hijo como en el de padre, amante y/o esposo.

Violentos con terceros: Los hijos y las mascotas. Posesión de armas: Con mucha frecuencia se presenta la posesión y uso intimidatorio de armas de fuego.

Simulacros y/o amenazas de suicidio u homicidio hacia su pareja."

No puedo creer todo lo que leo en estos documentos, la violencia de género o bien hacia la mujer es muy grande y lo peor es que ahora entiendo que Carlos no solo es que tuviera problemas psicológicos sino que me manipulaba y yo he vivido realmente no un matrimonio con problemas sino violencia domestica.

Pero esto se acabo, no seguiré más esta vida miserable que llevo y que tengo al lado de Carlos, ¿pero qué puedo hacer? ¿A dónde iré? Sacare dinero de mi cuenta antes que Carlos cancele mi tarjeta y me iré a un hotel en lo que busco a un abogado y levanto la denuncia formal.

Perdóname Dios por haber hecho lo que hice, no estaba bien y en un momento de tormento perdí el control pero yo se que valgo más de lo que me han hecho creer y sé que puede salir adelante yo sola y ahora lo hare también por mi bebe, este bebe que por años he deseado tener. Nunca más lo volveré a intentar y mucho menos pensar. Yo quise quitarme la vida y ahora tú me das una vida a quien amar. Gracias por darme otra oportunidad de vida y cambiare mi vida, ya no habrá más terminar y regresar con lo mismo de siempre, no estoy sola y ahora me doy cuenta. Siempre use en mi vida una falsa frase o más bien aplique a mi vida el pégame pero no me dejes, pero contigo en mi vida todo cambiara.

Amén.

12 días después.

- Ricardo tenemos que irnos, recuerda que tenemos cita para ensayar, mañana tenemos llamado, te espero en el carro en lo que terminas de jalar tus cosas.

Oye Fabiola que frio tengo no sé porque, no me siento muy bien la verdad pero el ensayo será rápido así que al salir de ahí me vendré a dormir un rato, creo que necesito descansar un poco más.

- Creo que fue porque no desayunaste bien, tienes que cuidarte cielo, mira que yo no te digo o te regaño para nada pero sabes que tienes que hacerlo.

Casi no hay tráfico en parkway tomare esa salida así llegamos más rápido, y mientras más rápido lleguemos más rápido saldremos.

- Ricardo vas muy rápido, disminuye la velocidad, ¡amor que te pasa! ¿amor estas bien?
- ¡Frena! ¡Frena!
- Cuidado con ese carro…

Agárrate duro, cuidado amor, cuidado…

- ¿Que fue todo eso amor? Por poco y nos accidentamos, tú no estás bien, ahora mismo vamos a un hospital a que te revisen, me asuste mucho amor, ven acá, yo manejare.

Lo siento mucho amor, siento que me falta el aire, no me siento muy bien, ha de ser la presión o no sé que será pero te hare caso, vamos a un chequeo inmediato.

Buen día, mi esposo no se siente muy bien y necesitamos que lo revisen, siente que le falta el aire.

En un momento serán atendidos, que su esposo pase a la siguiente sala a la derecha por favor pero estamos muy escasos de lugares así que le agradeceré que usted pueda esperarlo en sala de espera o bien en la cafetería.

No tengas pena Fabiola, estaré bien, porque no vas por un café y me esperas ahí, además esto será rápido.

- ¡Está bien cielo pero cualquier cosa me llamas y vengo inmediatamente de acuerdo!

- Me da un café sin azúcar por favor y con leche descremada si es muy amable.

Claro señora en un momento.

Hola buenos días, ¿esperando a alguien?

- Hola doctor buen día, acá súper nerviosa, mi esposo se siente un poco mal y lo traje a chequeo pero no me han dejado entrar con él y no me quedo más que venir por un café.

En estos días es un caos todo por acá, están haciendo algunas remodelaciones y eso nos tiene un poco cortos de lugares pero lo bueno es que es para mejorar y dar un mejor servicio.

Por cierto mucho gusto soy Richard Rowley médico de urgencias.

- Mucho gusto doctor Rowley, yo soy Fabiola, es un placer saludarlo.

Tiene un rostro que se me hace familiar pero no sé de donde, puede que la haya visto por acá en alguna ocasión.

- Soy cantante puede ser que me haya visto en algún periódico o algo similar.

¡Cantante he! Me encanta la música, bueno sobre todo la clásica, en este trabajo tengo que buscar medios o métodos para relajarme, con todo el estrés que se vive acá ya se imaginara he.

¡45 minutos más tarde!

Ha sido una plática encantadora, pero por ahora tengo que regresar a mi turno, se me acabo el descanso pero ha sido un placer Fabiola y gracias por la invitación, como le platicaba hace un momento a mi pareja le encantara la idea de ir a verlos con su esposo el día de mañana, acá tengo la dirección así que muchas gracias mi nueva amiga y mañana la veo sin falta.

- Qué pena, le he quitado mucho tiempo pero me ayudo a distraerme un poco y que alegre fue el conocerlo y hacer una amistad. Gracias por su tiempo, ahora creo que iré a ver a mi esposo que ya me mando un texto que está listo para irse. ¡Hasta luego!
- Bye.

"El que hace sufrir al prójimo, al paso del tiempo terminar por hacerse sufrir así mismo"

CAPÍTULO

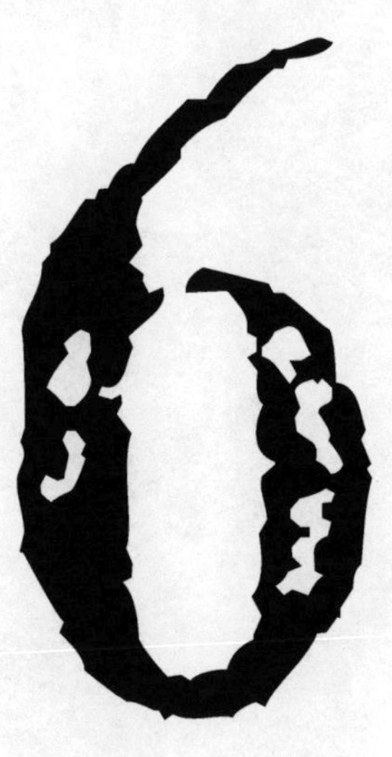

Vencer o ser vencido.

Ha sido una plática encantadora, pero por ahora tengo que regresar a mi turno, se me acabo el descanso pero ha sido un placer Fabiola y gracias por la invitación, como le platicaba hace un momento a mi pareja le encantara la idea de ir a verlos con su esposo el día de mañana, acá tengo la dirección así que muchas gracias mi nueva amiga y mañana la veo sin falta.

Tiempo actual.
Horas antes del concierto.

Richard no te olvides que hoy es el concierto de tu amiga Fabiola así que no vengas tarde a casa, yo cálculo estar listo aproximadamente desde las siete de la noche, tendré lista tu ropa para que solo te arregles y nos vamos junto con Víctor, hasta donde se Víctor trabaja hoy por la mañana así que a esa hora ya tendría que estar por acá también pero siempre le llamare.

- Todo suena muy bien Stuart pero necesito que me escuches algo, pon atención por favor, en estos días que han pasado he estado en comunicación con algunas personas y el día de hoy recibirás una visita y quiero que le ofrezcas el cuarto de visita para todo lo que necesite, ¿entiendes lo que te digo amor?

Me llenan de intriga tus palabras pero hare lo que me dices, solo espero que no sea alguien que me incomode he...

- Estoy seguro y más que seguro que te agradara la sorpresa, pero recuerda que tienes que estar listo para hoy en la noche, ahora si ya me voy pero te veo más tarde.
- ¡Espero tengas un lindo día!

Bueno cualquier cosa te estaré contando, y te veo en la noche.

¡Dos horas más tarde!

Están tocando el timbre ha de ser quien dijo Richard, ¿Quién será? Bueno iré a ver.
¡Oh por Dios santo!

- Hola Stuart,
- ¿Puedo entrar?

Perdona mi asombro, ¡claro que sí! Pasa por favor...
Yo esperaba a alguien hoy pero nunca supe que serias tu quien vendría a tocar mi puerta.

Para ser franco nunca espere o imagine esta sorpresa...

Nuevamente perdona, toma asiento por favor, ¿puedo ofrecerte algo de tomar?

¡Qué te parece un te!

- ¡seria genial!
- Sabes te debo una disculpa y quiero que me perdones por cómo me comporte contigo anteriormente, pero estaba cegada, era como una venda en mis ojos y no quería ver mi realidad...

  Tú has sido en mi vida una persona muy importante desde que te conocí y creo que tenía que haberte contado todo y aceptar tu ayuda.

Bueno eso creo que es parte del pasado así que no tengas pena, pero que tal si empiezas a contarme todo desde el inicio Carmen, para mí el tenerte en mi casa es muy importante pero quiero saber cómo supiste donde vivía o mejor dicho como Richard supo que vendrías hoy o como lo contactaste, es que la verdad tengo muchas dudas en mi mente y sobre todo quiero saber en qué termino todo aquella noche que fui a tu casa.

- El día que fuiste a mi casa yo aun seguía defendiendo totalmente a Carlos y creía que el me amaba y los golpes eran parte de ese amor, lamentablemente muchas mujeres hoy en día creemos eso pero no es así... al día siguiente me sentía muy mal y Carlos me trataba peor y sentía que mi vida se estaba derrumbando, sentí en mi ser un gran vacío y un dolor muy extraño en la boca del estómago

Lo lamento mucho Carmen.

- No sé porque pero muchas veces sentía el que el amor podía doler y me creí mi misma historia, fingir que todo estaba bien aunque mi cuerpo era maltratado, sentí un tomento una gran tormenta en mi ser mejor dicho y no pude más así que esa misma mañana trate de quitarme la vida y sentí como estaba muriendo...

Pero Carmen...

- No digas nada solo escúchame amigo del alma...
- Mientras pensé que estaba muriendo algo vino a mí y fue algo mágico no sé cómo expresarlo pero sentí la mano de Dios en mi vida e inmediatamente llame a emergencias y sentí que debía de corregir mi vida y que tenía otra oportunidad para hacerlo y aunque no lo creas también supe que yo podía ayudar a muchas otras personas que pasan por lo mismo y que

debía de iniciar por Carlos. Después que recibí información en el hospital y me decidí a dar este paso en mi vida todo cambio increíblemente en tan pocos días. Supe que estaba embarazada y es una ilusión tan grande Stuart y tengo mucho por vivir, ya no regrese a casa y estuve en un hotel por unos días, suspendí mis cuentas de banco y saque un dinero para que pudiera tener algo seguro mientras arreglaba todo con Carlos.

- Recordé la cara de la persona con quien llegaste a mi casa y recordé que era el mismo del restaurante, créeme que me costó recordar quién era el pero lo logre, fui a buscarlo y él me llevo con Richard al hospital y decidimos no decirte nada hasta el día de hoy.

Bueno eso explica mucho, porque no imaginaba como podías habernos contactado sino tenías ningún contacto mío. No sabes cuánto me alegra escuchar que serás mamá y que estas cambiando tu vida.

- Resulta que un vecino le dijo a Carlos que yo me había matado esa mañana y Carlos sintió la muerte y el dolor por sentirse culpable, así que también trato de quitarse la vida, lo vi entrar al hospital el día que yo iba de salida pero supe que él estaría bien. Solo tuve que esperar un poco a que se estabilizara aunque el si se corto las venas, pero debo decirte que hoy está internado recibiendo terapia por que fue un niño sufrido y el no superar su pasado lo convirtió en un agresor, bien dicen que una persona cuando es víctima de algo solo tiene dos opciones, y una es el superarlo o ser un agresor y Carlos por la falta de querer hablarlo había sido mi agresor por años.

¡Carlos un agresor a causa de sus traumas!

Perdona pero me cuesta creer eso después de todo lo que vi, yo creo que es el machismo en carne viva…

- Es increíble amigo que hoy sea yo quien ayude a mi agresor pero son las maravillas que Dios tiene en mi vida.
- Ahora se toda la vida de Carlos y el porqué era así conmigo, lo he estado visitando en el hospital donde lo tienen y está enfrentando a sus propios traumas y temores.

Puedes contarme un poco para poder entender Carmen, perdona pero no veo una explicación para tanta agresión y todo lo que se de ti.

- Eso trato amigo, explicarte y que juntos podamos hacer mucho por las demás personas.

Bueno yo soy todo oídos y estoy dispuesto a escuchar y poder entender, y si se puede sabes que cuentas conmigo también.

- Cuando Carlos tenía apenas cinco años de edad, aunque no recuerda a detalle todo lo que paso, resulta que fue víctima de abuso sexual no se sabe con exactitud quien fue aunque cree que fue un familiar, no recuerda la cara exactamente pero sabe todo lo que le hicieron y el dolor que sintió aunque ni siquiera sabe el porqué no dijo nada y se quedo callado,
- ¡Es increíble solo de pensar que un mismo familiar te pueda hacer algo así!

Bueno conozco algunos casos así...

- Lo primero que debes de saber es que Carlos no es de este país, aunque por su aspecto nadie lo sabe... pero él es de El salvador, de una Playa llamada El Tunco, es una playa en el departamento de La Libertad, muy cercana a San Salvador (unos 37 kms), ofrece olas apropiadas para los amantes del surf y que además es un paraíso bohemio, contiene una gran cantidad de opciones de variada diversión, sobre todo de jueves a domingo. La zona es muy conocida por las fiestas con música en vivo, especialmente "batucadas". Contiene restaurantes, bares, hoteles, hostales, zonas para acampar. Se caracteriza por tener arena negra y una gran formación rocosa frente a la playa. La llaman la playa "el tunco" (cerdo, cochino, pork, marrano, puerco, etc), porque en sus formaciones rocosas parece un "cerdo echado" o sea "un cerdo acostado", bueno la verdad no le encuentro el parecido.

- Carlos es de abuelos extranjeros que radicaron en el salvador, bueno el abuelo fue allá un tiempo y pues conoció a la abuela de Carlos, la señora quedo embarazada y luego ya no supo nada de él, pero resulta que sus genes fueron fuertes y cuando doña Tere dio a luz a Carlos vieron que eran igualito a su abuelo.

Eso explica mucho, porque Carlos tiene el aspecto como de estadunidense o bien español he.

- ¡Exactamente amigo!
- Resulta que antes de que Carlos llegara a este país ya había sido abusado sexualmente varias veces, su madre en ciertas ocasiones tenía que dejarlo en la casa de su vecino, un señor ya mayor

tanto en años como en perversión. No penetraba a Carlos de una forma directa pero utilizaba sus diez dedos para jugar y manosear su cuerpo y le gustaba ver como Carlos sufría con cada uno de sus dedos,

- ¡Ya te imaginaras por donde los introducía!

- El se quejaba que no le gustaba quedarse en esa casa hasta que por fin le hicieron caso pero lo llevaron donde unos tíos y en esa casa fue peor... el tío abuso sexualmente varias veces de Carlos, el recuerda todas y cada una de esas veces y sobre todo recuerda como lo obligaba a guardar silencio.
- Cuando el tío estaba de buen humor le gustaba tomar con sus amigos y a dos de ellos principalmente los llamaba muy a menudo, aunque ninguno de ellos tres se consideraba gay ni nada por el estilo bueno eso dice Carlos, pero les gustaba masturbarse juntos y ver quien tenía el pene más grande y lo hacían frente a Carlos para que él los viera. Tenían un tonto juego entre ellos y el que terminara de primero podía penetrar a Carlos y así poder acabar una segunda vez, y los otros dos perdedores tenían que ver todo el espectáculo. Aunque según Carlos no recuerda muy bien pero tiene la imagen de

una mujer grabada en su mente y recuerda como ella llegaba en ocasiones y jugaba con su pene y él ni siquiera sabía lo que era tener una erección.

- Pero por las amenazas e intimidaciones que le daban era que él nunca podía decir nada, y para colmo de todo esto a doña Tere se le ocurre venirse a este país de mojada como mucho le llaman "indocumentada y por tierra" se vino ella sola con Carlos en el camino pasaron por muchos riesgos pero el peor fue para Carlos nuevamente, llegando a la frontera de Estados Unidos, bueno ya estando en este país, abusaron sexualmente de doña Tere y de Carlos, al parecer un grupo de pandilleros los agarraron y estaban drogados, apuñalaron a doña Tere y unos tres hombres estuvieron con ella, mientras Carlos gritaba horrorizado y lo desnudaron y otros tipos estuvieron abusando de el por horas según tengo entendido, doña Tere murió pues se había desangrado y Carlos estaba muy grave cuando fue encontrado por las autoridades fronterizas, después de un tiempo y que ya estaba recuperado lo dieron en adopción y fue como se hizo de una familia y de una posición en este país. Desde ese entonces nunca le dijo a nadie lo que había pasado en su país y no volvió a tocar el tema.

- La falta de superación y de buscar ayuda orillo a Carlos a tener un mal carácter y a actuar como lo hizo todo este tiempo, como te decía paso de ser el agredido a convertirse en un agresor...

De verdad que no tengo palabras para expresar lo que siento y de imaginar todo el dolor que debió sentir sin mencionar los traumas que pudo todo esto ocasionar y sobre todo tener que callarlos Carmen, es algo muy delicado que necesitaba ser tratado, sé muy bien que muchos son abusados y no pasa nada negativo en su vida pero el índice de las personas que tienen traumas y vidas negativas es muy alto he.

¡Siento mucho lo que le paso a tu esposo Carmen!

- Yo estuve estos días hablando con una persona que sabe mucho sobre el tema y sobre los abusos que hay en la vida, y me estuvo contando o informando mucho para poder entender a Carlos, no justifico lo que me hizo por años pero entiendo su dolor también y sé que cuando esté listo podrá retomar su vida y ser mejor persona.
- Esta persona que te digo escribió un libro algo fuerte por cierto sobre el abuso sexual infantil y fui a una de sus platicas, bueno es que el imparte charlas y seminarios sobre

la violencia domestica, abuso sexual y ese tipo de temas, compre también el libro se llama **El dolor del grito**, y todo lo que el platica y cuenta me ayudo mucho.

El nombre muy profundo pero me parece interesante,
¡Tienes que prestarme el libro he!
¿Asumo que lo que traes en ese folleto es información sobre el abuso sexual?

- Si es algo que el mismo me dio y lo he leído todo…
- ¿Quieres leerlo?

¡Claro que me gustaría leerlo y así poder aprender un poco más sobre el tema!

Oye Carmen por cierto, ¿Dónde estás viviendo justo ahora? Richard me pidió que te ofreciera el cuarto de visitas para que puedas quedarte acá
¿Tienes donde quedarte?

- No tienes idea amigo, aunque tengo mi casa donde vivo con Carlos creo que no estoy lista para regresar ahí y menos sola… son tan amables en ofrecerme un espacio en su apartamento y si quiero aceptarlo pero te prometo que solo será por unos días, ¿te parece?

Tú ni te preocupes por nada, yo estoy encantado de tenerte acá y sobre todo de poder ayudarte en lo que necesites. Por cierto en un momento vendrá un amigo, es súper especial y te agradara mucho, lo que sucede es que hoy tenemos una ida al teatro sino estoy mal

¡Hey tienes que venir con nosotros!

Te va gustar es una amiga de Richard que es cantante y estará hoy en función, además no pienso dejarte sola ni un solo momento.

- La verdad es que yo venía con planes de pedirte quedarme acá unos días así que traje mi ropa... que pena de verdad pero sabía que podía contar contigo.

Pues es hora de arreglarnos amiga,

¡Este es tu cuarto mira!

¿Qué te parece si mientras tú te arreglas yo también me cambio y de paso leo el folleto que hizo para ti tu nuevo amigo el escritor?

- ¡Perfecto!
- No tardare mucho he...

Miremos... miremos...

Información básica sobre el abuso sexual infantil y sus consecuencias, por Benner Guillermo.

Bueno es un tema fuerte pero en lo que me cambio puedo leerlo.

¿Qué es el abuso sexual infantil?

- El abuso sexual tanto infantil como general es todo aquel acto de agresión forzada, manipulada o realizada por medio de amenazas.
- Es todo acto de penetración por vía genital, anal u oral que se realiza sin el consentimiento de la víctima, pero debemos tener en cuenta que algunas veces la victima da su consentimiento pero por miedo a las amenazas del agresor, aun así un niño no está capacitado para dar su aprobación acerca del abuso.
- Hay diferentes tipos de abuso sexual: Abuso sexual propio, abuso sexual Impropio y violación.

Según el Ministerio de Educacion " Mineduc" el abuso sexual propio, impropio y violación se define como:

Abuso sexual propio:

"Es una acción que tiene un sentido sexual, pero no es una relación sexual y la realiza un hombre o una mujer hacia un menor. Generalmente consiste en tocaciones del agresor hacia el niño o de estos al agresor pero inducidas por el mismo."

Abuso sexual impropio:

"Es la exposición a niños a hechos de connotación sexual tales como: exhibición de genitales, realización del acto sexual, masturbación, sexualizacion verbal y exposición a pornografía."

Violación:

"Es todo acto de penetración por vía genital, anal u oral la cual se realiza sin el consentimiento de la persona."

El abuso sexual incluye:

- Exhibicionismo,
- Pornografía,
- Tocar inapropiadamente el cuerpo,
- Relaciones orales, anales y vaginales,
- Prostitución,
- Comportamiento sexual enfrente de ellos.
- Hacer actividades sexuales enfrente de ellos,
- Hablar sobre otros adultos en forma sexual,
- Caminar desnudo o casi desnudo enfrente de ellos,
- Mostrar interés en los órganos sexuales de los niños.

Puntos de alerta:

- Las señales de alerta son signos o síntomas de disfunción o anomalía en el desarrollo físico y / o psíquico del niño, además de los indicadores físicos o psicológicos presentes en el menor o adolescentes, lo que también nos pueden indicar la posibilidad de existencia de abuso sexual infantil.
- Enfermedades sexuales,
- Infecciones urinarias
- Inflamación vaginal o anal
- Enfermedades físicas crónicas
- Falta de apetito o desorden alimenticio
- Dolor de estomago, Dolor de cabeza
- Insomnio

Puntos de alerta necesarios a saber:

- Sueños interrumpidos,
- Resistencia a ciertos lugares,
- Miedo a estar con ciertas personas,
- Conocimiento amplio de temas sexuales,
- Curiosidad sexual más de lo normal acorde a su edad,
- Resistencia a regresar a casa después del colegio
- Ansiedad, este es uno de los puntos de mayor importancia.
- Sentimientos de culpabilidad.

- Cambios en sus dibujos y en sus juegos, de lo positivo a lo negativo

88% de los abusadores son conocidos por sus víctimas.
Frecuentemente los abusadores se ganan la confianza de los Niños y establecen una amistad falsa antes de abusar de ellos.
1 de cada 3 niñas son violadas diariamente
1 de cada 6 niños son violados diariamente.

Prevenir y ayudar:

Hablar claro con nuestros hijos hará dos funciones, informales que nadie tiene derecho a que los toque y que cuentan con nuestro apoyo y a la vez tendrán la confianza de confesar si algo malo ha estado pasando.

No usar sobre nombres para los genitales, mientras claro se le hable a nuestros hijos, mayor será su entendimiento.

Si descubrimos que nuestro hijo es víctima de abuso sexual no debemos reclamar o regañarlo por no haberlo dicho antes, recordemos que lo importante es que ya lo está haciendo.

Una víctima de abuso sexual tendrá grandes problemas psicológicos y es por eso que debemos buscarles ayuda profesional y no dejar que sea el tiempo quien le recuerde su pasado.

Siempre que dejemos a nuestros hijos con otras personas debemos observar su comportamiento y luego observar su cuerpo.

El abuso sexual infantil no definirá las preferencias sexuales de nuestros hijos pero aun así debemos hacerles saber que no quiere decir que un hombre tenga que tener relaciones solo con hombres o mujer con mujer, es abuso sexual es un tema y la homosexualidad es otro. Pero esto puede confundir a nuestros hijos. Debemos denunciar el crimen cometido y no quedarnos callados, debemos buscar la información de ayuda correspondiente a nuestra comunidad.

Tanto la víctima como la familia se ven perjudicados así que es necesario buscar la superación y sanación para ambas partes. Las consecuencias son graves cuando no son tratadas a tiempo y es por ello que debemos indagar en nuestros hijos para poder evitar en ellos una vida marcada por el dolor.

Múltiples son las consecuencias del abuso y pueden variar de un niño a otro, dependiendo de sus propias características. Es común que el abuso sexual afecte el desarrollo integral tanto a nivel físico como psicológico y social.

Consecuencias a corto plazo:

Sentimientos de tristezas, bajo rendimiento escolar, cambios bruscos en el estado de ánimo, irritabilidad, rebeldía, vergüenza y culpa, ansiedad, dificulta de atención, desmotivación general, conductas agresivas, hostilidad hacia el agresor, temor al agresor, enfermedades de transmisión sexual.

Consecuencias a mediano plazo:
Depresión manifestada, trastornos ansiosos, trastornos de sueño, temor a expresión sexual, intentos de suicidio, ideas suicidas, fugas del hogar, drogas, interés excesivo a juegos sexuales, masturbación compulsiva.

Consecuencias a largo plazo:
Baja autoestima, bajo autoconcepto, sentirse menos ante los demás, depresión, fracaso escolar, promiscuidad, alcoholismo, drogadicción, delincuencia, inadaptación social, relaciones familiares conflictivas.

Como distinguir o como saber quién puede ser un agresor:

1. Si bien puede que no tenga el aspecto de un delincuente, lo es. No es necesariamente una persona enferma (con discapacidad física y/o mental) drogadicta o alcohólica.
2. Puede ser una persona respetada y admirada por la familia, comunidad, escuela, etc.

3. Puede ser hombre, mujer, adulto adolescente.
4. Usan la coerción para someter y doblegar (fuerza, seducción, engaño, chantaje, manipulación).
5. Prefieren pasar tiempo con los niños a que pasar tiempo entre sus amigos
6. En eventos familiares el abusador prefiere pasar la mayor parte del tiempo con su victima
7. Se ofrece a diferentes ayudas con tal de pasar tiempo a solas con el niño/a
8. Es a quien el menor demuestra mayor temor o expresa que no hay pena en dejarlo con él.
9. Si son ajenos a la familia buscan como ser amigos de los padres y se ofrecen a cuidar a sus hijos.

Quien puede ser el agresor:

- Su propio padre o madre
- El tío más querido
- Maestros
- Primos
- Amigos de los padres o compañeros de trabajo
- Amigos de los otros hijos o parientes de la misma casa
- Vecinos
- Encargados del menor
- Compañeros de clases

Típicamente prefieren usar amenazas, soborno, manipulación emocional incluso su autoridad como adulto mayor.

- Inician por tocarles sus partes intimas y a explicarles cual es la función de un órgano sexual
- Les enseñan como masturbarse, se los realiza el y así mismo a ellos
- Les hacen poco a poco sexo oral, anal y vaginal

La victima puede sentirse confundido/a pues el abuso sexual puede ser doloroso y a la vez puede ser agradable después de ser repetitivo.

Todo inicia de una forma verbal, diciéndoles que son bonitas o bonitos y que hace hacen los amigos o la gente linda, los convencen que es normal.

Toda persona que ha sido víctima de agresiones y abusos ya sea sexuales o de otro tipo tienden a experimentar cambios bruscos de temperamento es decir, tienen a ser agresivos para poder liberar de esa forma su frustración vivida. Tienen a ser futuros agresores y es por ello que se recomienda tener terapia para poder evitar liberar su ira contra las demás personas.

¡Oye Carmen!

Apenas voy leyendo un poco de ese folleto y créeme que me ha dejado sin palabras he... está muy interesante y considero que si tiene mucha información necesaria.

Me ha hecho pensar mucho en Carlos y en todo lo que pudo haber vivido, ahora entiendo su frustración y ya veo porque era o actuaba así contigo.

- Y todo lo que platique con él, es muy interesante saber y estar informados pero sobre todo saber cómo poder ayudar a personas que han sido abusadas e incluso a los agresores porque ellos también tienen algo por tratar.

- ¡oye tocan la puerta!

O si, puedes abrir por mi por favor, ha de ser Víctor dile que pase y en lo que me termino de cambiar se conocen un poco...

¡Víctor, no tardo en salir ella es mi amiga!

Bueno ya la conoces así que platiquen un poco, Richard ya viene en camino, al parecer iremos al teatro.

“En momentos de felicidad y tormento; sube tu mirada al cielo y veras caer tus bendiciones”

CAPÍTULO

Vidas unidas por el dolor.

No puedo creer que yo haya sido el último en arreglarme y el primero en salir he... son muy lentos.

Mira Carmen, Stuart es un amor de persona pero tarda horas y apuesto a que se tarda más que tú para arreglarse.

¿Qué opinas Víctor?

Creo y considero que sí, yo desde que llegue el ya estaba arreglándose, pero platicamos un montón con Carmen.

¡Oh no! Creo que va a llover...

- No te preocupes Víctor, mi bello Richard te llevara de regreso a casa así que no te preocupes por eso.

Muchas gracias Stuart, ya vio que le dije Carmen ellos siempre son muy atentos.

Desde que conocí a Stuart en el restaurante siempre ha sido muy atento y no solo conmigo sino me he dado cuenta que es muy respetuoso con todas las personas.

Claro Víctor, mira que cuando salíamos el y ello en Nueva York el siempre era el más educado... creo que siempre le gusto ser así. Y yo pues era la más rebelde o loca del grupo.

- Ustedes exageran, aunque Carmen si eras como la más loca del grupo he y mira que éramos varios...

Bueno mis queridos hemos llegado, no estaba tan lejos de casa, hay lugares especiales para nosotros así que es hora de disfrutar la noche y olvidar por un momento todo incluso el trabajo.
Bueno es que en el hospital créanme que me canso mucho.

Si a mí me ayudara a despejar la mente...

A mí el cansancio de toda la semana en el restaurante...

Yeah amigos... la pasaremos genial.
...
...
La obra está por empezar según el folleto es una versión moderna de la película clásica El fantasma de la Opera. La están dando en dos versiones una de ellas en español.

Esta es en español y mañana la darán en ingles,.. Hasta donde me comento Fabiola el día de hoy que le hable para confirmar el lugar y todo me comento que esta canción para que interpreta en la obra tiene un gran significado para ella y que hasta hace poco había sido algo que marco su vida, pero al parecer marco su vida en forma positiva pues me dijo que soñó con esta canción y que desde ahí todo mejoro para ella.

- Richard ya está por iniciar... hay que guardar silencio.

¡Ups!
Lo siento... ahora si me callo...
Veamos.

Señoras y señores sean todos bienvenidos; el fantasma de la opera es una novela fantástica de Gastón Leroux publicada en 1910, ha sido adaptada numerosas veces al teatro y al cine, la obra está inspirada en hechos reales y en la novela de Trilby de Geroge Maurier, combina elementos de romance, terror, misterio y tragedia. La historia trata de un ser misterioso que aterroriza la Opera de París para atraer la atención de una joven vocalista a la que ama.

El fantasma se siente celoso de la relación de Christine la joven que ama con Raúl su pretendiente, invita a Christine a su mundo por debajo del edificio. Ella acepta y abajo en las catacumbas descubre que su ángel es en realidad un genio musical deforme que lleva una máscara para ocultar su cara aberrante.

Ella grita de terror al contemplar su rostro verdadero, y el fantasma la encierra en su hogar, acepando liberarla solo cuando ella prometa que volverá a visitarlo por su propia voluntad.

La joven Christine se ve atrapada entre su pretendiente Raúl y su fascinación con la hermosa música de su fantasma de la ópera.

El fantasma descubre el plan de Raúl, llevarse a Christine lejos del teatro para alejarla de él. El fantasma secuestra a Christine en plan función del teatro y es allí donde tendrá que decidir si salvar de una muerte horrenda a Raúl y darle un beso al desfigurado rostro del fantasma.

Conozcamos esta noche, nuestra versión de El fantasma de la Ópera.

(Ricardo)

Aun recuerdo la carta que deje a mis padres… "Padres se que se horrorizan con tan solo ver mi rostro, lo puedo ver en sus caras, me voy de casa para no provocarles mas terror" pero lo peor que pudo haberme pasado fue caer en manos de un cirquero y que me anunciara como un niño monstro, viajando por todo Europa y Asia. Sin embargo ahí desarrolle mi voz y muchas cualidades mas…

Termine por ser un asesino profesional y construyendo maquinas de tortura, mi nombre era Erick en ese entonces, yo ya me las había ingeniado para escapar de personas que querían mi muerte por mi inteligencia para desarrollar todo tipo de maquinaria e instrumentos, se me fue contratado para construir un la ópera Garnier de París, hice todo mi trabajo tal como se me pidió pero mientras nadie me veía y por las noches siempre trabaje en escondidas para construir mi hogar y donde nadie me podría lastimar ni tener temor al mirar mi rostro.

Construí un laberinto y me protegí del resto de la gente, siempre me vi fascinado por la música pero las personas me rechazaban por mi rostro pero utilizando la violencia mí logro conseguí. Mate a muchos y así mis propósitos conseguí, mi fama creció pero todos me llamaron El fantasma de la Ópera y mi nombre desapareció. Nunca me hallaron pues en los laberintos me escondí...

(Fabiola)

Yo, yo soy Christine, y de la fama del teatro conocí, pero mientras aprendía todo aquí, en las noches conocí a quien me canto en sueño y fielmente creí que era un ángel para mi...

Antes de darme cuenta era tan grande mi amor que poco miedo podía sentir, siempre creí que mi padre por fin era un ángel para mí.

¡Oh ángel de la música!

(Ricardo)

¡Oh amada Christine!...
Ven a mí...

(Fabiola)

Acostándome estoy pero mi padre me hablo, de ese ángel a quien soñé descubrir quien ahora está aquí en este instante lo puedo sentir...
Siento su voz hablar muy suave, sombras que están aquí.
Siento sus ojos al mirarme, mi ángel de la música está en mí...

Cante y soné,
En mis noches fue,
Ni nombre escuche,
Yo lo escuche,
Y si durmiendo estoy
Y lo veo al fin
Yo lo siento muy en mí.

(Ricardo)
Dime que compartirás mi vida, dime que me libraras de esta cruz, dime que me amas, y estaré contigo, enséñame a ver la luz...
¡Tan solo hazlo Christine!

Extraños somos los dos
Pero una pareja hemos de hacer

Sobre ti estará mi poder
Y aun cuando tu mirada
Se aleje de mí
En las noches te conquistare.

(Fabiola)

En sueños fue cuando lo viví, y ahora nada es así, en un mundo de recuerdos yo encierro en mí, cierto es que el destino quiso unir dos puertas que aun estaban por abrir, perdóname tan solo piensa en mí.

Quien tu cara vio
Pánico sintió
La máscara en tu cara
Tu cárcel y prisión

(Ricardo)

En tu interior está mi voz

(Fabiola)

¿En dónde estoy? Este laberinto nunca antes vi...

Por una gran luz baje y ni cuenta me di, este lugar es como un rio dentro de un encierro, es como una prisión, aunque miedo tengo sé que quiero estar aquí...

Mi alma y mi canto, sembrada aquí
Fantasma en mis sueños eres tú
Estas en mí...

(Ricardo)

No hables de tinieblas, no temas más, ten fe al fin todo ha pasado y yo estoy a tu lado, tómame de las manos, tu llanto yo curare, todo ha pasado mi amada y yo estoy aquí.

(Coro)

Eras tú mi musa, mi canción te di, y así vas a pagarme y traicionarme... él se ha enamorado de tu canto pero yo de ti... conmigo tendrás juventud, si te quedas conmigo perdonare tu ingratitud.

Hombre y misterio
Pero imaginación no soy
Soy...
Un fugaz en ti

(Fabiola)

¡Oh no!... que he hecho... mi amado esta aquí... lo siento mi ángel pero no puedo seguir... esto no es para mí, no puedo seguir una ilusión o una fantasía que hay en mi...

¡No le hagas daño!
Culpa no tiene, el se enamoro de mi.
Déjame ir con él y tu amante de noche yo seré.

(Ricardo)

Como puedes hacerme esto a mí... la muerte de él vivirá en dentro de ti. Tus noches atormentare y nunca te dejare.

(Acto final)

En callejones y escondidas
Fantasma de mi interior
Eres tú y estas
En mí, dentro de mi...

(Ricardo)

Canta solo para mí

(Fabiola)

El fantasma esta aquí...
Ha ha ha ha...

(Ricardo)

Canta dentro de mí...

(Fabiola)

Ha ha ha ha...

(Ricardo)

Canta mi sol, canta...

(Fabiola)

Haaaaaa. Haaaaaa....

Me he quedado sin palabras al ver tan bella función Richard, tu amiga es espectacular y no digamos el personaje del fantasma...
Yo opino lo mismo, es primera vez que vengo a ver un musical, pues trabajando en el restaurante nunca he tenido el tiempo para esto... pero sin duda alguna tengo que hacerlo más seguido...

- Y a ti Carmen, ¿Qué te pareció todo?

¡Acaso no me has visto llorar!
Es una gran historia, creo que vi una película sobre esto alguna vez pero verlo en vivo es otro mundo...

- Bueno me ha dicho Fabiola... bueno mejor dicho, la he invitado a comer a casa así que nos contara como es ser parte del teatro y parte de su vida...
- Víctor, que te parece si paso dejando a Carmen y a Stuart a casa para que descansen un poco y te voy a dejar a tu casa, ¿está bien?

¡Claro Richard! No tenga pena alguna...
- Bueno queridísima Carmen suban con Stuart y acomódate bien, estás en tu casa

así que no tengas pena, puedes usar lo que gustes... yo no tardare mucho.

- Stuart no tardo en regresar. Ok...

Sabe Richard en todo este tiempo no había conocido a personas tan especiales como ustedes, tienen una vida tan normal como cualquier otra pareja y sé muy bien que son juzgados y tachados por una sociedad pero admiro mucho como luchan por salir a delante y demostrar que valen tanto como cualquier otro ser humano.

- ¿Quieres saber un poco de mi Víctor?

Si no le molesta el recordar y contármelo... yo encantado de saber un poco mas de usted.

- No, no me molesta en absoluto, sabes mi historia del pasado es un poco curiosa, bueno yo soy de acá de Estados Unidos pero aprendí muy bien el español desde muy niño, mis abuelos fueron latinos como tú y me enseñaron muy bien el idioma. Y créeme que me ha servido mucho a lo largo de mi vida.

- Soy de Carolina del Sur, bueno es algo curioso porque mi madre fue de paseo a playa Myrtle, es una playa de las mejores de la costa este del país, se distingue mucho sobre todo por sus fabulosas panorámicas del océano atlántico, es de aguas calmadas y de arena blanca muy fina, es el lugar perfecto para nadar y tomar el sol, hay muchas atracciones para las familias y es por eso que mi madre fue a ese lugar, cuenta hasta con un parque de atracciones justo al lado del lugar.

- Ya te imaginaras, deportes acuáticos, incluso varios campos de golf se encuentran en el área, en el verano es cuando más eventos hay Myrtle tanto así que el día de San Patricio es muy famoso ahí.

Me encantaría conocer algún día ese lugar, bueno no es que no conozca las playas, es mas ya sabe que nací en una pero me encanta todo lo que hay en una costa o en las playas.

- Donde yo nací te encantara, es como ir a Disney pero con la oportunidad de darte un chapuzón en el agua.
- Resulta que mi madre siempre tuvo un espíritu aventurero y fue así como estando embarazada de mi decidió irse de vacaciones, hasta donde se estuvo muy estresada todo el embarazo. Ella dice que siempre sintió el deseo por ir a la playa pero sobre todo durante el tiempo que estuvo embaraza de mí, apenas tenía siete

meses de gestación así que no le preocupo tomar el viaje...

Creo que cualquiera teniendo la oportunidad de ir a la playa pues iría... yo sin duda no me negaría.

- A pesar de ser un lugar muy tranquilo y de aguas estables, esa noche que ella llego a lugar se desato una gran tormenta, ella dice que estaba predestinada a dar a luz en ese lugar... y esa misma noche nací yo.
- Por cierto soy del mismo día que Stuart y el mismo año...
- Crecí y aunque no lo parezca déjame decirte que sufrí mucho durante toda mi niñez, a muy corta edad descubrí que yo era diferente a los otros niños, mientras que mis amiguitos miraban y se paliaban por la niña más linda de la clase yo vivía enamorado de mi amigo Luis, y no entendía porque siempre quería estar a su lado y me ponía celoso cuando él me cambiaba por estar con Jessica la niña más linda.
- Sin saber que era todo ese sentimiento dentro mi quise consultarse a mi madre pero ella no lo tomo muy a bien.

¡Imagínate a un niño decirle a su madre que le gusta su amiguito!

- Fui creciendo y a la edad de once años cuando mucho yo era un niño muy delicado por decirlo de alguna manera, era muy detallista, me gustaba siempre estar vestido de la mejor manera, bien peinado y a perfumado… digamos que ya traía ese estilo dentro de mí.

- Bueno me hice amigo de los más atractivos de mi escuela pero eran como uno o dos años mayores que yo, con ellos inicie a descubrir mi sexualidad o más bien el morbo que había dentro de mí. Con ellos experimente lo que era la masturbación y nos mirábamos el pene el uno al otro para ver quien la tenía más grande o de mejor forma, claro que yo no decía nada de mis gustos por lo que estaba viendo pero estaba encantado de tenerlos como mis amigos. A parte que eran los únicos que no me tachaban de gay o de raro como muchos me decían. Todos los demás niños de mi edad me insultaban y me hacían sentir muy mal, me decían palabras muy ofensivas y tan solo porque yo era más delicado que ellos o como me decían “amanerado” pero habían niños amanerados en otros grados pero no eran gay como yo o no tenían ese mismo sentimiento que yo tenía, así que todos me miraban mal. Para no mentirte llegue a pensar que mis nuevos amigos también sabían que yo era diferente y que les gustaba provocarme.

No quiero interrumpir así que solo escuchare y tratare de entender todo lo que me quiera decir.

- Gracias...

- Pues como te estaba diciendo, hubo un día donde nos llevaron a Ocean City y en mi casa me dejaron ir, yo ya tenía como catorce años y moría de ganas por experimentar todo mi sentir. Uno de mis amigos un tanto mayores como te comentaba era el más lindo y el de mejor cuerpo y sin mencionar lo otro... yo iba dispuesto a provocar así que llevaba puesto un traje de baño color blanco, en mi mente era para que me miraran más...
- Mientras nada junto a mi amigo, el me pidió que lo acompañara al baño que había llevado algo para mostrarme pero que era un secreto. Yo sin dudarlo Víctor, fui con él al baño. No era nada lo que me quería mostrar pero me confesó que era gay y desde ese día nos volvimos inseparables, bueno tan solo por ese año porque no lo volví a ver el año próximo.
- Todos me decían nena, maricona, incluso señorita... mi aspecto no era afeminado

pero creo que mi voz era muy suave para ser hombre y mis gustos por vestir bien eran mal vistos. Me humillaban mucho e hicieron que yo creciera acomplejado y odiándome a mí mismo. Hubo alguien una vez que me dijo que yo era una abominación y que ardería en el infierno. Siempre me trataron mal aunque en mi casa mi madre trataba de darme amor y apoyarme para que todo fuera menos duro.

- Al cumplir mis dieciocho años conocí a un grupo de amigos y todos eran muy sociables, cada uno teníamos una vida tan diferente pero siempre supe que nos unía algo. Déjame decirte que a esa edad yo aun era virgen y no había estado con nadie pero moría de ganas, no me animaba a nada pues todo lo que me decían y me insultaban habían creado en mi un gran trauma y en vez de aceptarme yo mismo solo me podía rechazar y llorar en mi habitación. Sin embargo se que de todos mis amigos lleve mi vida por mejor camino.
- Wilson era una de mis amigos que por cierto también era gay, pero vivía enamorado de un señor mayor que él y al poco tiempo se hizo su pareja, pero no hubo día alguno que no le fuera infiel. Le gustaba estar con uno y con otro y ser superficial era como un lema para él. Creo que sufría más que yo pues siempre

se sintió usado después de cada noche que estaba con alguien. Siempre anduvo mendigando amor en cada antro u hotel por el que pasaba. Deje de saber de él al poco tiempo, luego supe que en un pleito callejero fue herido y murió. Siempre dijo que la sociedad misma lo había convertido en quien era.

He escuchado de personas que por rebeldía a la sociedad actúan de esa forma.

- Otro de mis amigos se caso y no sabes cuánto me sorprendió porque siempre supe que él era gay también, pero aun así me alegro mucho saber que se había casado, tuvo como tres hijos y uno seguido por el otro, todos creían que llevaba una vida maravillosa pero fue así hasta que después de un tiempo la misma esposa relato su vida junto a él. Resulta que desde la noche de bodas todo iba mal, pues cada vez que su mujer quedaba embarazada eran las únicas noches donde mi amigo Eddy tenía relaciones con ella por donde debía de ser y no por... bueno y no el otro lado. Ella solicito el divorcio después de unos años después pero antes hizo público todo lo que vivió con Eddy. Eddy hoy vive abiertamente gay y cuando tuve la oportunidad de hablarle le pregunte el porqué de haberse casado sabiendo que era gay, y su respuesta fue algo extraña, me dijo que quiso hacer lo que la sociedad quería que el hiciera y no hizo lo que el realmente quería hacer. Para evitar las vergüenzas de ese entonces y las humillaciones quiso fingir ser heterosexual y solo término dañando a su esposa y marcando la vida de sus hijos.

Sabe Richard, su amigo no es el único, conozco más de tres casos así y lo peor de todo es que es la mujer y los hijos quienes salen lastimados al paso del tiempo, aunque los hijos logran aceptar al padre no quiere decir que no se vean afectadas sus vidas.

- A otro de mis amigos le fue peor, él desde muy niño descubrió su sexualidad y supo muy bien lo que quería ser. Dijo siempre que su género era distinto a su ser interior, así que decidió ser transgénero o transexual como se conoce comúnmente, no se acepto a él mismo como hombre y siempre quiso ser mujer, tuve varias operaciones y tratamientos para lograrlo, luchaba para que se le reconociera con su nueva identidad, el solo expresaba una tercera sexualidad o eso decía, para mí era solo un individuo cuya identidad de género es discordante a su sexo biológico, por lo que desean vivir y ser aceptados como miembros del genero contrario al sexo que se le asigno al nacer. Se convirtió en una mujer muy bella pero odiada por la sociedad. Lamentablemente la falta de aceptación y de cultura atentaron contra su vida y aunque no lograron matarla, quedo en silla de ruedas por el resto de su vida hasta que ella misma o él mismo decidió dejar este mundo. ¿acaso Víctor la sociedad tenía el derecho de hacerle lo que le hicieron tan solo por ser diferente a los demás? Una vez más la sociedad misma habría cobrado otra vida gay.

Nuestros hijos, sean gay, lesbianas, bisexuales, transgénero o que aun estén en duda deben saber en todo momento que los amamos y debemos ayudarlos a encontrar su lugar en el mundo.

En Estados Unidos, hoy en día existen millones de niños y adolescentes que debido a los prejuicios de la vida les es difícil todo, hasta el diario vivir.

Muchos viven con sus familias pero les preocupa perder su amor y apoyo si se ven descubiertos que no son heterosexuales. Otros mueren, huyen de casa, caen en drogas y prostitución... es tan dolorosa como el ser humano ataca a otro ser humano en esta vida. No entiendo hasta cuando Richard.

- Bueno esos fueron mis amigos pero mi vida aunque no termino en tragedia siempre estuvo marcada por la soledad y la depresión. Lleve mi vida en secreto y por el buen camino pero siempre estuve solo hasta hace poco que fue que conocí a Stuart en el hospital y mi vida cambio. Muchas veces despertaba y se venía a mi mente las palabras que un día me dijeron y era el que yo era una abominación para Dios pero en un noche de oración recibí mi respuesta y mi aceptación por Dios, es algo polémico lo sé, pero sé que Dios es quien guía mi vida y que me ama tanto como a cualquier otro ser humano. El tiene un propósito para cada uno de nosotros y al final de mis días solo Él podrá juzgarme pero no la sociedad. No puedo llevar una vida bajo las leyes de una sociedad y sufrir todos los días por aparentar ser alguien quien no soy. Es algo que no todos entienden y que pueden debatir mi punto de vista pero lo que yo siento en mi interior y lo que Dios me hablo es lo que realmente importa.
- Víctor ni sentimos el camino de tanto hablar pero muchas gracias por permitirme contarte mi historia y ahora espero

entiendas porque siempre buscamos con Stuart ayudar a quien lo necesite.

Yo quede encanto de conocer más de la vida y aunque me quedo con mucho en mi mente sé muy bien que todos somos hijos de Dios y considero que el único pecado en el mundo es no amar a Dios y al prójimo como el mismo nos manda.

Muchas gracias por todo y por la ida al musical, fue mi primera vez y me encanto ver a Fabiola con ese traje de princesa, si hubiera usado alas se hubiera visto como un verdadero ángel.

Feliz noche y ahí estaré para la cena con Fabiola y su esposo.

Amar al prójimo no es una frase,
es un mandamiento de Dios.

CAPÍTULO

La vida y la muerte.

Cartagena de Indias: una ciudad de Colombia y capital del Departamento de Bolívar, es uno de los lugares con más cultura turística del país.

Se dice que es una de las ciudades más bellas de América, desde sus construcciones en las cuales podemos ver parte de la historia de su fundación, así mismo sus calles y templos, lo que la convierte en una ciudad digna de ser visitada. Cartagena de Indias no solo fue uno de los puertos más importantes en el tiempo pasado sino que actualmente ha sido desarrollada tanto en lo histórico como en su población, desde su fundación, en el siglo XVI, hasta la actualidad, en los inicios el siglo XXI. Hay muchos sitios a donde ir en Cartagena de Indias, donde encontrará historia, recreación, descanso, cultura, placer y más.

Es uno de los puertos más importantes de Colombia y el mundo, nos recibe con sus multicolores y con una población lista para hacernos pasar las mejores vacaciones.

Cartagena renace como una gran ciudad a su entrada del siglo XX tiempo en el que su economía favoreció a todo el puerto, una ciudad llena de leyendas por conocer y sobre todo una ciudad lista para el futuro. Podemos en Cartagena de Indias practicar varios tipos de deportes ya que su diversidad esta lista para complacer a cada uno de nosotros.

Cuando hablamos de Colombia hablamos de Cartagena de Indias, ciudad situada a las orillas del mar Caribe. Un país y una cultura llena de esperanzas y de crecimientos.

03 de marzo de 1984

La ultima y gran tormenta llega a su sexto destino. El nacimiento de un niño es anunciado por los médicos del hospital. Un niño muy simpático, blanco y de cabello castaño.

De pronto un apagón se da por toda la ciudad y una vida marcada por la tormenta esta por iniciar...

(Varios años después)

¿Stuart tienes todo listo para hoy en la noche?

Si, Richard si... has estado muy nervioso, ¿acaso pasa algo? Dime porque la verdad te he notado muy raro y recuerda que hoy vendrán todos a casa pero si te sientes mal o algo pasa dime y yo con gusto puedo suspender la cita de hoy con los amigos.

No, Stuart. Todo está bien lo único que ha pasado es que... bueno no sé como comentarte esto pero hace poco mientras saliste a comprar las cosas para la cena de hoy vino Carlos. Como recordaras él ha estado en terapias para controlar su carácter y la violencia de su pasado y todo eso que tú ya sabes.

¿Pero qué ha pasado?
¿Dónde está Carmen?

Vino Carlos y la verdad yo lo vi muy mal estaba como desesperado y necio por hablar con Carmen, trate de que Carmen no le hablara para evitar cualquier cosa futura pero él no se que le habrá dicho pero se la ha llevado con la excusa de ir a comer algo. Vio el estomago de Carmen y lo note mucho mas sorprendido aun.

¿Crees que le puede hacer algo?

Carmen se fue muy tranquila y dijo que todo estaría bien, le he llamado hace unos momentos pero me ha dicho que el está muy triste y solo y que está tratando de convérsela de regresar con él y que le ofrece una familia estable. Pero al parecer Carmen le ha dicho que no es el momento aun y que se den más tiempo y Carlos se había molestado un poco.

Carmen insiste en que todo estará bien y que él no le hará daño por el bebe que espera pero algo me dice que todo puede salir mal ahí...

De verdad Stuart que por más que trato no logro entender a muchas mujeres, no solo son víctimas de violencia sino al más mínimo detalle de amor o un falso cambio cae nuevamente en las garras del cazador. Carmen sabe muy bien que él no está listo aun para formar un hogar y nunca debió haber salido con el de esta casa, pone su vida en riesgo y el de su bebe.

Oho mira Stuart, justo un mensaje de Carmen...

¡Llegare para la cena!

Cuando venga Carmen y al terminar la cena tendré mucho que hablar con ella... no debe estar saliendo con Carlos por el momento, al menos hasta que un medico dicte su mejoría. Es mi punto de vista pero bueno ya cuando ella venga nos dirá que está pasando.

Bueno amor tenemos todo listo para hoy en la noche... aunque creo que compre traguitos de sobra. Pero estaremos en casa así que todo estará bien. He preparado el piano para que Fabiola pueda tocar algo para nosotros.

¡Hey bien pensado Stuart!

Me parece una buena idea y creo que todos nos la pasaremos de lo mejor.

¿Te ha llamado Víctor?

No, aun no Richard. Aunque según me dijo era que iba a traer a alguien hoy en la noche pero no me ha llamado hoy... trae suspenso este chico últimamente he.

No se te hace curioso Stuart la forma en que nos conocimos todos o la amistad que hemos llegado a traer y no se tu pero déjame decirte que según me he dado cuenta es que todos somos del mismo signo pero no se que día es el cumpleaños de cada uno... ¿no sabías que todos somos del mismo mes?

En serio... no para nada...
Bueno es que soy algo distraído para esas cosas pero tu estas en todo he. Pero averiguare la fecha de cumpleaños de cada uno para que hagamos algo juntos he.

Tu siempre has sido Stuart alguien muy humano y dado a las personas pero normalmente nunca pensé tener amigos como los nuestros y sobre todo con tanto dolor en el alma, pero dejando el dolor a un lado es muy importante lo que cada uno ha logrado, vencer el miedo y el dolor y poder retomar sus vidas de una manera impresionante, no cabe duda que cuando te levantas después de haber tocado suelo, te levantas con mas fuerzas. Incluso nosotros como nuestros amigos tenemos cada uno una historia muy fuerte que ha marcado nuestro pasado pero que sería de nuestras vidas si el pasado marcara nuestro presente o si dejáramos que el dolor nos venza. Hay muchas personas que hoy en día guardan silencio y en secreto la vida que les toco vivir y que tanto daño les hizo que lo que no saben es que más daño se hace callando y no superando lo que en realidad tienen que hacer.

Quien calla su pasado marca su presente y mancha el futuro de sus hijos.

Bueno creo que ya me puse sentimental... así que mejor llamemos a nuestros amigos para ver cómo van.

¿Hey hola Víctor como estas?, te habla Richard.

Amigo mío como le va, justo pensando en ustedes estaba y en la reunión de hoy en la noche ya tengo todo listo para hoy y lo que me pidió también. Ya llame a Fabiola y a su esposo y todo listo, incluso Carmen me llamo y me aviso que tenemos que estar una hora antes frente a la aguja, yo llevo los mariachis y todo.

Te lo agradezco mucho Víctor, Stuart se está alistando y ni se imagina lo que le espera esta noche. Gracias por ser parte de este momento importante para nosotros. Los veo allá en poco tiempo.

¡Stuart! ¡Stuart!

¿Hey me asustas porque gritas? ¿Todo está bien con Carmen?

Ya deja de pensar en Carmen ella estará bien, además las malas noticias llegan rápido.
¡No es gracioso he!

¡Está bien pero no te enojes que te miras feo!

Tú si me haces reír, pero ya en serio dime para que estabas gritando, ¿Qué pasa?

Se me olvido por completo y en media hora es cena de compromiso de mi jefe y su novia, y tenemos que ir aunque sea un momento, pero no te preocupes que nos da tiempo y hasta de sobra para regresar, solo iremos unos minutos y nos regresamos pero necesito que te pongas de traje y sobre todo muy guapo... bueno más un poco más.

¡Es en serio!
Como crees que podemos ir... hoy tenemos nuestra propia reunión y no quiero quedarles mal a nuestros amigos, además no habías dicho que era la otra semana, yo por eso no me preocupe...

Vamos apúrate que tengo todo controlado, solo confía en mí. No les quedaras mal a nuestros amigos. Estaremos a tiempo para la cena, además ya todo está listo, y para que veas que me preocupo y tengo todo controlado te he alistado un traje, ya solo es que te lo pongas.

¿Te dije que hoy es noche de sorpresas cierto?

¡Sí!

Ok, entonces que no te extrañe ver que el traje es nuevo, lo he comprado para ti, y para que nos veamos como unos verdaderos novios me he comprado uno del mismo estilo y color así que esta noche eres formalmente mi pareja.

Hey cielo, me parece un gran detalle, pero no veo justo que hayas gastado dinero solo por una cena con tus jefes y sus amigos… pero esta hermoso el traje. Muchas gracias y estaré listo en unos minutos.

Hey Stuart te espero afuera, pero búscame en el lobby no en el parqueo, estaré afuera esperando por ti.

¡Richard, insisto has estado extraño todo el día!

No seas necio y te espero abajo. Vamos apresúrate que se nos hará tarde.

¡Richard estoy afuera pero no te veo! ¿Dónde estás?

Ahora mismo me veras, esta es la segunda sorpresa.

¿Dónde?

¡Oho por Dios santo! Richard es una limosina,... ¿para nosotros esta noche? No lo puedo creer que gran detalle... pero Richard porque tienes que hacer esto si solo vamos con tus jefes, pero no arruinare el momento... ya se... disfrutemos del momento.

¡Hey pero tiene champagne cierto!

Me encanta amor, traje nuevo, limosina, qué más puedo pedir esta noche. Bueno si hay algo pero espero que todo salga bien con Carmen y con nuestros amigos más tardecito, Hey no se te olvide que vamos solo por un momento. Por cierto esta limosina esta grande, porque no llamamos a nuestros amigos y pasamos por ellos al salir de la reunión con tus jefes, ¿sería buena idea cierto?

Me parece genial, así todos podemos pasar más tiempo juntos.

Oye Richard por cierto, cuando me estaba subiendo a la limosina me llego un mensaje de alerta de carro robado así que debemos andar con cuidado por la ciudad.

¡Perdón señores pero está cerrada esta calle tendré que dar la vuelta para llegar a nuestro destino!

No tenga pena, usted agarre por donde sea mejor ruta pero asegure nuestra llegada, ¿sabe por qué están tapadas esas carreteras?

Si señor, al parecer hace un momento estaban trasladando a un prisionero de la corte a la cárcel y en medio de un choque automovilístico entre la 18 y la calle K, el prisionero se escapo y lo andan buscando, así que será una noche algo alocada con tanto policía.

Nosotros tenemos nuestros planes y nadie nos lo arruinara, hoy será una bella noche, solo maneje con cuidado pero como decía mi madre, despacio que llevamos prisa.

Oh my God, mira cuanta policía por todos lados Richard, al parecer si es serio el problema que hay.

¡Señores estamos a una cuadra de nuestro destino!

¿Richard acaso será acá la reunión?

Awww pero mira Richard ahí en la aguja hay mariachis y globos, estoy seguro que es por lo de tu feje. Que tierno todo eso, deberías de aprender he...

Te sorprenderías de lo que soy capaz Stuart...

Me gustaría que me sorprendieras así mi amor, te quiero.

Y yo a ti mi vida, muy pronto te sorprenderé ya lo veras.

Pero por el momento hay que bajarnos y caminar hacia donde está el mariachi, ahí será lo de Adrian mi jefe.

Dame tu mano Stuart, caminemos juntos por este recorrido...

¿Richard, acaso quieres llorar?

¿Estás bien amor?

Stuart has cambiado mi vida y has hecho de mi una mejor persona, nunca creí sentir esto que siento por alguien, lo que siento por ti es muy fuerte y sé que nuestro amor puede superar cualquier barrera.

Estas cosas a mí también me ponen sentimental amor, y aunque te conocí de una forma muy fuerte e inesperada, lograste en mi lo que había perdido en ese accidente. No solo salvaste mi vida sino lo uniste a la tuya.

Mira... mira Richard ahí están Carmen, Víctor, Fabiola, Ricardo wowow y mira hasta Carlos.

¿Richard que es todo esto amor?

Cruza conmigo esta calle y lo sabrás, la luz se ha puesto en verde, ¿Qué dices? ¿Cruzas conmigo esta calle? ¿Quieres descubrir por qué todos esperan por ti ahí?

Esto parece un sueño, claro que si...
¡Richard cuidado!
¡Cuidado!

¿Queeee?

¡No! Stuart no.... Stuart.

(Desde lejos se escuchan los gritos de Carmen, Fabiola y todos los demás... un carro a toda velocidad y sin frenar en rojo estuvo cerca de atropellar a Richard pero Stuart lo ha empujado con fuerza y se ha quedado en el camino del carro azul, carro azul a una velocidad excesiva y con patrullas siguiendo su camino, atropella a Stuart con tal fuerza que se le ve volar por los aires y caer al suelo de una manera muy brusca y dejando sangre por todos lados.

Richard se levanta rápidamente del suelo con la ayuda de Carlos, mientras que Víctor, Carmen y Fabiola corren hacia Stuart, el primero en llegar es Ricardo y trata de auxiliarlo, Richard queda impactado al ver el cuerpo ensangrentado, grita desesperado y corre a abrazarlo)...

Richard, estos meses fueron magníficos y conocí a grandes amigos, juntos aprendimos a vencer el pasado y vivir el presente sin dolor ni tormentos, amor me has hecho muy feliz, gracias por todos estos momentos...

Por favor Stuart, resiste, la ayuda viene en camino... trata de no hablar, respira despacio, y trata de estar consiente... este no es el fin. ¡Resiste!

Richard, me duele mucho...

Richard, así te conocí, muriendo... salvaste mi vida dos veces en ese momento y en todo este tiempo.

Stuart mira... mira esto... te tengo una sorpresa amor, ¿quieres casarte conmigo? Esta era tu sorpresa... solo resiste amor y se fuerte.

¡No me dejes!

¡No me dejeeeeeees!

Stuart. Nooooooo...

¡Ponemos en tutela nuestro destino
por no aceptar nuestro camino!.

CAPÍTULO

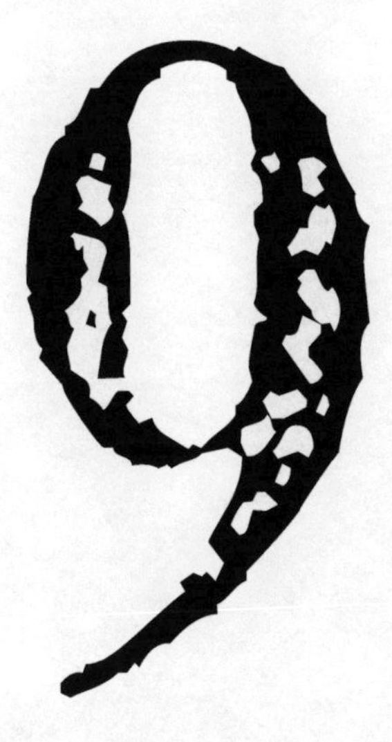

La decisión del destino.

Richard, se suponía que todo esto debía haber sido una noche especial, siento mucho por lo que estas pasando. Tienes que ser fuerte, lo están atendiendo bien...

¿Fabiola, sabes cómo conocí a Stuart?

Lo conocí justo a como lo tuve en mis brazos hace un momento y justo ahí sentí que él era mi otra mitad.

¿Quieres contarme Richard?

Por favor, permíteme contarte y déjame llorar, no sé qué hare él. Cuando lo conocí lo estaba perdiendo y ahora que lo tengo no lo quiero perder...

¡Estamos acá para escucharte!

Hace unos años el vivía en Nueva York y llevaba una vida diferente a la hoy en día y es por eso que el entiendo todo lo que cada uno de nosotros hemos vivido y sufrido, desde que lo conocí se ha dedica a ayudar a otras personas y realmente les ha ayudado a corregir sus caminos.

Como tú sabes Carmen para el todo era antros, tragos y libertinaje. Tuvo problemas fuertes con el alcoholismo y creí que él lo podía manejar todo, cada salida era un regreso sin esperar algo bueno, el tenia una pareja, ¡tú lo conociste Carmen! Usaba drogas todo el tiempo y manipulaba a Stuart, no sé cómo pero lograba que Stuart se sintiera inferior a los demás y con eso le era más fácil hacer que el tomara y en ocasiones se drogara, aunque se escuche algo tonto si quieren verlo así, tienen que saber que el abuso psicológico, sexual, verbal incluso domestico también existe hacia el hombre pero nadie habla de ello, todos hablan del hombre como el abusador pero nadie ve al hombre abusado.

Mi pequeño Stuart en su inmadurez y falta de conocimiento no solo sufrió de alcoholismo sino de muchos abusos incluso por parte de sus padres y como muchos el creyeron que refugiándose en el alcohol o drogas aliviaban su dolor secreto.

El alcoholismo y drogadicción constituye una enfermedad problemática en la salud pública. Los riesgos y daños asociados al alcoholismo y drogadicción varían con el grado de intensidad de la adicción. Además, es necesario tener en cuenta las variables personales como el grado de su motivación, conocimiento o experiencia en el consumo de alcoholismo y drogadicción, y las propiedades especificas de alcoholismo y drogadicción así como la influencia de los elementos adulterantes.

Lo que hace que el alcoholismo y drogadicción sea una adicción nociva es que se vuelve en contra de uno mismo y de los demás. Al principio de alcoholismo y drogadicción se obtiene cierta gratificación aparente, igual que con un habito. Pero pronto su conducta empieza a tener consecuencias negativas en su vida. Las conductas adictivas por alcoholismo y drogadicción producen placer, alivio y otras compensaciones a corto plazo, pero provocan dolor, desastre, desolación y multitud de problemas a medio plazo.

El alcoholismo y drogadicción no es un defecto moral, es una enfermedad que puede ser controlada.

¿Te molestaría Richard hablarnos un poco más del tema?

Creo que es lo que necesito para despejar un poco más la mente.

El alcoholismo parece ser producido por la combinación de diversos factores fisiológicos, psicológicos y genéticos. Se caracteriza por una dependencia emocional y a veces orgánica del alcohol, y produce un daño cerebral progresivo y finalmente la muerte.

Los primeros síntomas incluyen la preocupación por la disponibilidad de alcohol, lo que influye en la elección por parte del enfermo de sus amistades o actividades. Más adelante empieza a cobrar cada vez mayor importancia, en las relaciones personales, el trabajo, la reputación, e incluso la salud física. El paciente va perdiendo el control sobre el alcohol y es incapaz de evitarlo o moderar su consumo.

El alcohol produce sobre el organismo un efecto tóxico directo y un efecto sedante; además, la ingestión excesiva de alcohol durante periodos prolongados conduce a carencias en la nutrición y en otras necesidades orgánicas.

Se están desarrollando residencias especializadas para su tratamiento y unidades específicas en los hospitales generales y psiquiátricos. Los tratamientos más precoces y mejores están produciendo unas altas y esperanzadoras tasas de recuperación.

Además de resolver las complicaciones orgánicas y los cuadros de abstinencia, el tratamiento pasa por los consejos y entrevistas individualizados y por las técnicas de terapia de grupo encaminadas a conseguir una abstinencia no forzada de alcohol y otras drogas. La abstinencia es el objetivo deseado, a pesar de que algunas opiniones muy discutidas manifiestan que es posible volver a beber con moderación en sociedad sin peligro.

¿Por qué inician a tomar sin control?

Sé muy bien que nosotros tomamos pero lo hacemos de una manera diferente a los demás, o ellos lo hacen por encima de nosotros por diez veces más.

Curiosidad: Quizás se trata de la razón más frecuente, esto es, el querer saber qué es lo que se siente al consumir ya que hay tanta información errónea o distorsionada sobre el alcohol y también existe tanta desinformación que algunas personas, especialmente adolescentes (hombres y mujeres) desean saber qué les puede pasar si las pruebas y aceptan hacerlo desconociendo tanto los efectos inmediatos como las consecuencias a corto o mediano plazos.

Segunda Razón: La Presión de Los "Pares" (conocidos o amigos del barrio). En ocasiones es muy importante sentirse aceptado en un grupo de amigos de la escuela o del barrio y por desgracia en algunas de esas camarillas o pandillas se ha puesto de moda el consumir bebidas alcohólicas sin control alguno. Para pertenecer a estos grupos o para permanecer en ellos hay que hacer lo que los demás hacen y algunas personas tienen gran necesidad de pertenencia por lo que aceptan lo que les pidan aún y cuando saben que se están arriesgando a sufrir algunas consecuencias negativas. A esta presión de los pares es difícil contrarrestarla con regaños o "sermones" o señalando las terribles consecuencias del consumo de drogas.

Existen otras maneras más efectivas.

Tercera Razón: La Necesidad De Imitar A Otros: Cuando una persona quiere conseguir su propio y personal estilo de ser y de actuar, primero trata de imitar a sus semejantes que admira o que le agrada cómo se comportan y después adquiere para sí mismo algo de esos estilos de ser, convirtiéndolos en parte de su personalidad. Muchas personas se inician en el abuso del alcohol o de drogas por imitación, porque han visto que otros lo hacen y, aparentemente, no les ha pasado nada malo, al contrario, parece ser que son exitosos y esto último invita a seguir su ejemplo. Este fenómeno, el de la necesidad de imitar a alguien especial, es algo natural que se presenta en algunas etapas de la vida, sobre todo durante la pubertad y la adolescencia

El problema reside en el hecho de querer imitar a alguien que consume alcohol o droga. Hay que señalar que la mayoría de los adictos al alcohol o a las drogas se inició consumiendo bebidas con contenido alcohólico durante su pubertad o adolescencia y bajo la "autorización" o invitación de alguien de mayor edad (familiar o amigo de la familia) al que le pareció que ya era oportuno que la persona inexperta aprendiera a sentir lo que sucede cuando se consume alcohol. A nuestras sociedades altamente tecnificadas y "civilizadas" les parece normal el hecho de que u adolescente demuestre que ya es hombre consumiendo fuertes cantidades de bebidas alcohólicas.

Cuarta Razón: Alivio De Dolencias: Por el efecto obtenido (alivio o disminución del dolor físico o emocional, evitar el cansancio, el hambre o las tensiones) prescrito por algún médico durante un tiempo limitado y que la persona usuaria en cuestión decide continuar con el uso bajo su propio riesgo. En muchas ocasiones estos medicamentos se obtienen en el "mercado negro" o también utilizando falsos recetarios.

Consecuencias: El alcoholismo es la consecuencia del consumo abusivo del alcohol y se produce una dependencia física tan importante que el organismo no es capaz de vivir sin el alcohol, y en el caso de no tomarlo, la persona entre en un delirio, llamado delirium tremens, donde se producen alucinaciones en las que la persona ve monstruos, bichos, que le recorren su cuerpo o que están en su cuarto, en los casos graves, la persona puede llegar a morir, por eso es necesaria la atención médica en el caso de que una persona con adicción deje el alcohol.

Una vez que ha dejado el alcohol, con la ayuda imprescindible de la familia, la persona será para siempre un enfermo o alcohólico, esto quiere decir que no podrá probar nunca más el alcohol, si lo hiciese, caería de nuevo en las redes de la poderosa droga, no olvidemos que todas las drogas tienen mucha fuerza y poder sobre el ser humano.

Consecuencias Físicas: Coma etílico: sucede después de beber mucho, la persona llega a perder el conocimiento con el riesgo de vomitar y ahogarse con su propio vómito, por ello cuando suceda se pondrá siempre a la persona inconsciente de lado.

Problemas cardiovasculares: aumento de la tensión arterial y problemas en el corazón.

Polineuritis: inflamación de los nervios con dolor

Cirrosis: degeneración del hígado en su capacidad de purificador y creador de factores de la coagulación de la sangre, como consecuencia se producen sangrados masivos

Pancreatitis

Cáncer de estómago

Cáncer de garganta

Cáncer de laringe

Cáncer de esófago

Úlcera gástrica

Impotencia sexual en los hombres

Frigidez en las mujeres

Síndrome de abstinencia en lo bebés

Envejecimiento prematuro.

Consecuencias Psicológicas:

Lagunas de memoria que no se recuperan
Depresiones
Epilepsia
Delirium tremens
Enfermedades mentales graves como las psicosis
Demencia por el alcohol
Suicidio
Celotipia: la persona se vuelve tan insegura que empieza a desconfiar de su pareja y a tener celos sin un fundamento real.

Consecuencias Sociales:

Rechazo de los demás
Despidos de los trabajos
Soledad
Ruina económica
Mala higiene
Agresiones, violencia
Cárcel
Separaciones
Accidentes con víctimas mortales y minusválidos para toda la vida
Maltratos físicos y psicológicos
Dolor a la familia y a uno mismo.

Oho Richard es increíble lo que las drogas y el alcoholismo nos puede hacer y sobre todo lo que nos pueden hacer cuando tenemos problemas con nuestro pasado, por eso es tan necesario buscar la ayuda necesaria para no caer en este trauma disfrazado.

Desconozco por lo que habría pasado el ex de Stuart pero conozco lo que le llevo a hacer, resulta que una noche después de dos días de andar tomando y la ex pareja llevaba como cuatro días sin dormir y estar totalmente alcoholizado y drogado deciden ir a un antro y al salir junto con otros amigos deciden viajar para Washington y cuando venían en camino siguieron tomando a tal manera que al llegar a la ciudad ya no podían ni abrir los ojos, venía manejando la ex pareja y Stuart a un lado, se pasaron una luz roja y justo venia un camión, esa noche yo estaba saliendo de una reunión y vi el accidente, había sido tan fuerte que el único sobreviviente fue Stuart, al verlo lo auxilie y fue cuando sentí una química muy especial con él, pero está muy herido y solo me miraba y le corrían lagrimas, no podía hablar y sangraba mucho.

No tienen idea del dolor que sentí y eso que no lo conocía realmente pero algo en el me preocupaba demasiado. Las otras personas quedaron incluso sin partes de su cuerpo y Stuart salió sobreviviente, fue algo muy duro y seguí su recuperación muy de cerca. Lo visitaba todos los días en el hospital y trate de aconsejarlo, sin saber que ambos terminaríamos enamorados.

El no quiso regresar a Nueva York e inicio un proceso de sanación no solo física sino mental, le costó superar y entender lo que había vivido y sobre todo vivir con las consecuencias de sus actos, desde entonces nunca más volvió a esa vida y si se han dado cuenta hay un momento en el que el mismo decide dejar de tomar y no pasa de unos tres tragos y lo mejor de todo es que entendió que el alcohol no es un refugio y mucho menos una salida a la realidad.

No hubo una oportunidad para sus amigos pero la tuvo él, y creo que la supo aprovechar pues no solo corrigió su vida sino aprendió a ayudar a los demás incluso a cada uno de ustedes.

¿Qué hare si le pasa algo? Ha sido mi complemento por años y esta noche quería complacerlo con lo que el tanto ha querido, casarse. Solo Dios sabe lo que somos nosotros y no somos un rechazo o una maldición, el también murió por nosotros y aunque el ser humano diga lo contrario lo que yo siento en mi ser es único y sé que Dios y Jesucristo también me llamaran algún día a su lado. Sé que es un tema de controversia amigos pero Dios es amor y el único pecado en el mundo es el no amar al prójimo y ayudar al necesitado.

Richard, ahí vienen los médicos...

Richard, amigo, sentimos lo que estas pasando en estos momentos, hemos atendido a Stuart con mucho mas esfuerzo y todos han puesto todo su conocimiento para salvarlo, lo siento Richard, hicimos todo lo posible.

Puedes morir y estar vivo pero no podrás vivir sin haber vencido.

CAPÍTULO

Lo que un día fue... fue.

Algunos meses después...

Carmen: en este tiempo que ha pasado hemos podido establecer una amistad seria y sobre todo sincera, gracias Richard por haber realizado esta cena en tu casa y de reunirnos a todos, sabemos muy bien lo que han estado pasado y lo que tienes dentro de ti, desde que conocí a Stuart siempre fuimos muy buenos amigos pero la vida nos llevo por diferentes lados, pero así como nos separamos pudimos encontrarnos de una manera muy extraña y gracias a Víctor pudieron dar conmigo, tal vez no lo compartí con todos ustedes pero Stuart y Richard fueron para mi unos ángeles en momentos muy duros para mí.

Yo sin saberlo viví un tormento dentro de mi matrimonio, literalmente vivía dentro de la tormenta que nunca acababa y cuando creí que había por fin terminado era cuando estaba por iniciar nuevamente, no quiero que te sientas mal Carlos pero quiero que todos sepan que se puede lograr mucho en la vida, mi vida con Carlos no fue como la ven ahora, antes todo era maltrato y violencia, por no decir golpe tras golpe, tuve que soportar muchas cosas no solo por amor sino por sentirme que no valía nada y que tenia justo lo que merecía, y aunque no era así siempre soporte y calle lo que sufrí no solo porque Carlos me lo pidiera sino callaba porque yo misma no quería ver mi realidad y buscar una salida, era más doloroso para mi ver la vida que tenía que los golpes que recibía, muchas mujeres dicen en el grupo al que voy que fueron víctimas de sus esposos pero yo lo veo de diferente forma pues fuimos víctimas de nuestro propio silencio.

La violencia domestica es algo que se da en todo el mundo pero que nadie quiere aceptar por la crítica social o incluso por la misma critica familiar pero al callar y temer al que dirán o el que será de mi vida, solo estamos abriéndole las puertas al maltrato sin fin, verbal y físico, lo peor de todo es que siempre culpamos al agresor y en ocasiones nosotras somos las agresoras, pues como dijo una de mis amigas del grupo, a veces buscamos provocar al esposo para que nos peguen ya que sin nos han dejado de pegar creemos que ya no nos aman o que tienen a alguien más.

Caemos en un juego de dos e incluso en ocasiones es un juego de familia pues la violencia ya no es solo hacia la mujer sino también hacia los hijos. Carlos quiero que sepas que te he perdonado de corazón y que no guardo rencor ya que aprendí que si vivo con rencor nunca podre superar el pasado y lo mantendré en mi mente en cada momento, tuve que perdonarme a mi misma por haberme permitido todo lo que viví y a ti por haberme tratado como lo hiciste.

Lo mejor de todo Carlos es que a diferencia de otros hogares nosotros no terminamos en muerte o presos, ambos buscamos ayuda y yo logre entender que el agresor también es ser humano y que tiene una razón de ser, confieso que no fue fácil y mucho menos tratarte como amigo después de todo lo que vivimos pero hombres como lo que tú eras hay muchos y muchos no tienen un problema psicológico realmente y es esa parte la que aun no entenderé pero no justifico tus acciones pasadas sin embargo reconozco una vez más que el callar no nos lleva a nada bueno, y como decía el que imparte las platicas, existen dos salidas, una de ellas es el superar y la otra el repetir lo que vivimos.

Estoy feliz de estar acá esta noche y de poder compartir con todos ustedes, quiero que sepan que los quiero y que son los mejores amigos que he tenido, gracias a Dios puedo recordar el pasado sin dolor y puedo visualizar mi futuro como algo bueno y sin tormentos.

La noche del accidente fue muy dura para todos pero logre entender y darle importancia a algo muy importante, no dejemos de decirle a las personas que queremos cuanto les amamos, o no nos vallamos a la cama estando enojados con alguien porque nunca se sabe cuándo será su último o nuestro ultimo día. Carlos, serás un padre para mi hijo aunque ya no seas parte de mi vida, quiero decirte de todo corazón que te perdono y que no te guardo rencor, aprender a vivir es aprender a perdonar.

Richard y amigos gracias por ser parte de mi vida y enseñarme que cada uno de nosotros es un hijo de Dios y que a todos nos ama por igual, como un día me dijo Stuart, busca amar y ser feliz, ayuda a los demás y Dios estará en ti.

Salud por eso amigos, pero yo con agua he, que mi bebe pronto esta por nacer.

Carlos: antes que nada quiero agradecerles por la invitación y por dejarme ser parte de sus vidas aun sabiendo que yo fui un agresor, manipulador y todo lo que ustedes piensan de mi, pero agradezco la oportunidad de reintegrarme a la sociedad y de tener amigos como ustedes, no justifico mis actos ni nada de lo que hice pero nunca entendí o nunca quise ver que mis actitudes eran consecuencias de mi pasado y es mas no me gustaba ni pensar en mi pasado.

Creí que callando mi pasado lo estaba superando pero nunca entendí que al ocultarlo estaba creando o alimentando a un mostro dentro de mí, lo que nunca dije o nunca supo Carmen era como me sentía yo después de los maltratos o agresiones que le daba, algo en mi sabía que estaba muy mal pero inmediatamente algo venia a mi mente que bloqueaba ese sentimiento y me llenaba de ira nuevamente y creía que yo estaba en lo correcto, si Carmen hubiera muerto ese día que trato de matarse creo que nunca me lo hubiera perdonado yo mismo.

El paso más difícil para mí fue el aceptar que tenía un problema y tener que enfrentar mi pasado, el pasado no solo es algo que quedo atrás sino que puede estar presente y atormentarnos día con día.

En ocasiones sentía dentro de mi mucha rabia y coraje y me aceleraba la respiración era como un tipo de ansiedad que solo podía calmar tratando mal a los demás, el día que Stuart y ustedes llegaron a mi casa sentí tanto miedo pues algo dentro de mi me decía que me podían cambiar la vida y si me agarraba la policía me podían tratar como algún enfermo mental.

El agresor siempre es mal visto y nadie se preocupa por nosotros, nadie investiga nuestras razones y es muy increíble que el pasado pueda convertirnos en algo negativo para la sociedad, todos merecemos esa oportunidad, pero con esto no digo que todos los agresores puedan cambiar hay muchos que no cambian y siguen haciendo una y otra vez lo mismo pero hay otro grupo de personas que lo que necesitan es el apoyo y amor de las personas y con tratamientos eficaces cambiar nuestras vidas.

Sin el apoyo de ustedes no hubiera podido decir estas palabras hoy y mucho menor corregir mi vida, gracias por dejar demostrarme a mí mismo y a ustedes que hay una segunda oportunidad también para el agresor, el agresor sexual, físico o de cualquier índole es un tema tabú para mucho aun hoy en día pero todos pueden cambiar con la ayuda necesaria.

Gracias por esta noche y espero que juntos disfrutemos de esta velada. Carmen, un brindis por nuestro futuro hijo y otro por cada uno de ustedes.

¡Por cierto Fabiola tengo que escucharte cantar!

Víctor: yo también quiero dar unas palabras, y sobre todo quiero decir que una de las mejores cosas de la vida que me ha pasado fue conocer a Stuart y hacerme amigos de ustedes, siempre creí que por mi clase social nunca podría tener amigos como ustedes y estoy doblemente bendecido y agradecido, quiero que sepan que he llevado mi vida bajo los tratamientos adecuados y he seguido al pie de la letra todo lo que los médicos me han dejado y es increíble pero será más probable que muera en un accidente...

Oh perdón,... lo dije sin pensar.

Mi punto es, que es más seguro que yo muera por cualquier otra cosa viviendo acá en Washington que por mi enfermedad.

Al pensar o al mencionar a una persona con sida lo primero que pensamos es, ¡pobre morirá! O bien decimos ¡no se junten con él! Todo por tener una idea errónea de lo que es en si la enfermedad y de cómo se puede contagiar realmente, nosotros solo necesitamos de ciertos cuidados y podemos llevar una vida como la de todos los demás, pero aun así no pierdo la fe en que algún día se encontrara una cura pero más que pensar en una cura déjenme decirles que me he unido al un grupo que lucha en contra del sida y VIH para poder estar informando a las personas y previniendo más casos como los míos y otros.

Sé que esta fuera de lugar pero he traído unos folletos para ustedes para que puedan leerlos y estar informados de lo que realmente es y no es esta enfermedad pero sobre todo para que puedan transmitir el mensaje a sus demás amigos y conocidos.

Gracias Richard por compartir conmigo su vida y a todos ustedes por ser como una familia para mi, y como ya inicio literalmente una tormenta afuera mejor dejo que hablen los demás.

Fabiola: creo que es mi turno.

¡Uy! Ese trueno si me asusto, parece que será una tormenta fuerte, lo bueno es que estamos en casa.

Yo también en mi vida he pasado por cosas duras como ustedes y aunque toda persona al enterarse que una amiga o un familiar a tenido un aborto ya sea inesperado o planificado solo piensan en que pobre mujer o lo ven como algo triste, pero nadie ve lo que se vive por dentro y lo que en nosotras puede llegar a causar, el cuerpo y la mente es una gran máquina que Dios mismo la ha diseñado y es tan compleja que el hombre mismo no la puede entender.

Un simple acto puede cambiar y alterar la mente de la persona, yo fui víctima de mi propio destino y por no querer aceptar mi realidad preferí vivir en una mentira piadosa que termine por creer lo que yo misma no quise ver...

Como en mi caso hay muchas personas que por no querer aceptar nuestra realidad nos inventamos un mundo imaginario donde no hay dolor o no hay entrada a la realidad y vivimos felices sin imaginar el daño que nos estamos haciendo y a los que nos rodean, una mentira no puede ser para una sola persona o incluso no puedo mentirme a mi misma sin mentirle a alguien más, no sé si me explico pero no es la mentira el punto del que hablo sino el no aceptar la realidad y enfrentarla como se debe. Lo mío fue la perdida de mi bebe y gracias a eso a todo mi familia altere.

Las pesadillas nunca me dejaron y en mi canto me refugie, sumida en el dolor y lo más duro era ver que todos tenían compasión y ninguno me dio la ayuda que necesite.

Hasta el acto más pequeño puede alterar nuestras vidas y es por eso que en todo momento debemos tener de un terapeuta y alguien en quien confiar, Ricardo amor, perdón por no haber hablado de mis tormentos pero eran más fuertes que la tormenta que hay afuera ahora mismo, esos rallos que caen lo sentía en lo más profundo de mi ser.

Quisiera que todos dejemos de sentir compasión por alguien que ha tenido una perdida e indagar en que se le puede ayudar si emocionalmente o en varios aspectos pero el sentir lastima y demostrar lastima todo el tiempo solo acomplejamos más a las personas y no les estamos ayudando, si hay que llorar con la persona pues lloramos, pero que no quede solo en lagrimas sino que tengamos acciones para ayudarles, por que cuando la mente se altera puede traer estragos y los estragos hechos lamentables.

Hemos hablado mucho con Ricardo sobre este y otros temas juntos pondremos una fundación en ayuda a toda persona que ha sufrido o se ha alterado su forma normal de vida.

¡Hey felicidades!

Ricardo: bueno a mí ya me conocen y saben que soy un hombre de pocas palabras pero quiero agradecer por todo el cariño mostrado para nosotros y para nuestro futuro bebe el cual queremos que lleve el nombre de Stuart, por ser un guerrero en la vida y sobre todo alguien que siempre ha ayudado a los demás.

Nuevamente gracias a todos y espero seamos amigos por muchos años más.

Richard: bueno hay alguien que ha estado muy callado esta noche pero antes que cualquier otra cosa quiero decirles que podrán haber mil y un tema tabú aun hoy en día y a pesar de lo que todos digan quiero decir que cada uno de nosotros vale lo mismo ya sea con o sin pasado doloroso, lo importante es tener a Dios con uno mismo y lo que Dios nos hable en nuestras vidas, porque lo que es malo para ti puede ser bueno para mí y lo que es bueno para los demás puede ser malo para mi...

Y con esto lo que quiero decir es que cuando veamos la vida de otras personas y aunque no nos guste, no somos quienes para juzgarlos así sean gays, agresores, violadores entre muchos otros, ya que Dios es el único que tiene un propósito para cada uno y él sabe lo que vendrá.

A pesar de lo que muchos dicen yo con la cara en alto puedo asegurar que mi vida les molesta a las personas, les ofende pero aun así se muy bien que Dios padre y Jesucristo mismo están conmigo y me aceptan como soy. Y para no seguir con controversias quiero darles las gracias por compartir con nosotros sus historias y que sean parte de nuestra familia.

Hace unos meses cuando fue el accidente creí que ya nunca podría sonreír de nuevo y de solo recordar el momento cuando mis colegas se me acercaron y me dijeron que hicieron todo lo posible, me pongo a llorar de pensar en el dolor de ese momento y lo que llegue a sentir, y como muestra de amor hacia la humanidad y hacia los de nuestra clase Dios tomo y llamo a Stuart a su lado y lo que para mi pareció una eternidad para el reloj fue tan solo un momento.

Stuart tu que estuviste medicamente muerto por unos instantes y regresaste para estar a mi lado... aun queda una pregunta que no me has contestado.

¿Te casarías conmigo?

Stuart:

El amor de Dios es tan grande que me ha hecho pensar en estos momentos en el que todos hablaban, estuve callado y prestando atención a cada uno y agradezco sus palabras y el que me tomen como parte de sus vidas y es justamente esto lo que es vivir...

Vivir el uno con el otro sin discriminación alguna y sin racismo, vivir juntos y compartir como una sola familia donde no hay preferencias por genero, clase social, color o preferencia sexual... doy gracias a Dios por haberme dado la oportunidad de ver este momento donde todos estamos reuniones con amor y compartiendo en una misma mesa.

Tampoco creí sobrevivir al accidente y aun tomo mi rehabilitación médica pero con los testimonios que tengo y mis experiencias vividas estoy listo para seguir ayudando e informando a los demás.

Muchos no entienden el sentido de la vida y pasan sus vidas señalando o acusando a los demás solo por ser diferentes. Se basan en algo social y no en las palabras que en ellas hay, un gran misterio es la vida pero solo en comunión con Dios se puede encontrar la solución.

Hemos sido varios los afectos y muchos los señalados pero un mismo hombre dio la vida por todos, sin importar quién eres ni que es lo que haces. Si aun no estás listo para ayudar y convivir con cualquier tipo de ser humano aun no estás listo para vivir, esas palabras las tengo en mente desde que desperté del accidente, pasar días en coma no es algo fácil pero el despertar y el entender que el ser humano debe ser uno solo sin separación alguno es algo que encontré en mi vida.

Personas con diferentes enfermedades, con violencia o sin violencia, agresores o no agresores, víctimas de abusos o ser abusivos... es tan solo algo que nos toca vivir pero siguiendo el camino correcto conoceremos la verdad y la verdad nos hará libres...

Para todos existe una superación y una segunda oportunidad, cuando llega el momento en que la sociedad te da la espalda tan solo tienes que subir tu mirada y veras caer lo que es tuyo en realidad.

Gracias familia, gracias... recordemos que no hay nada más importante que el ayudar a otros y juntos prevenir lo que a nosotros nos ha tocado vivir... porque tal como lo dice. El que ama a Dios, ame también a su hermano.

¡Richard!
Si, si acepto.

"...Para que habite Cristo por la fe en vuestros corazones, a fin de que, arraigados y cimentados en amor, seáis plenamente capaces de comprender con todos los santos cuál sea la anchura, la longitud, la profundidad y la altura, y conocer el amor de Cristo, que excede a todo conocimiento, para que seáis llenos de toda la plenitud de Dios" (Efesios 3, 17-19) **Reina-Valera 1960**

Por toda la eternidad analizaremos el amor de Dios y nunca llegaremos a comprenderlo completamente.

La violencia y los traumas pueden afectar nuestras vidas e incluso destruirlas, es por eso tan importante el saber romper el silencio y buscar la ayuda necesaria en el momento exacto. Callar ahora no te dará una salvación sino una condenación donde arrastraras a tus seres amados.

Recuerda que no puede llover todo el tiempo y sobre todo...

Después de la tormenta, viene la calma.

"Estar informados, superar y prevenir es una tarea de todos"
By: Benner Guillermo.